ANSWER

崎谷はるひ

幻冬舎ルチル文庫

C O N T E N T S ✦目次✦ ANSWER

✦カバーデザイン＝小菅ひとみ（CoCo.Design）
✦ブックデザイン＝まるか工房

イラスト・やまねあやの✦

ANSWER

掠《かす》れた声を放った瞬間に、視界が蕩《とろ》けた。

瞬きの後紅潮した頰《ほお》に冷たいものが伝って、秦野《はたの》にはそれが涙だということはわかっていたけれど、拭《ぬぐ》うための腕は二つとも身体《からだ》の上で揺れる広い背中に回されている。

それでなくとも、広げられた下肢の間にある引き締まった、けれど逞《たくま》しい腰が送り込んでくる律動に、熱く火照《ほて》った身体をかき乱されている現状では、涙ごときにかまっている余裕はなかった。

「ああっあ、……あはぁ……っ」

上擦って途切れる声はまるで媚《こ》びるように高く、べたついた甘ったるささえ含んでいる。

三十を越えた男の声とも思えないそれに、いたたまれないほどの恥ずかしさを覚えた。けれど、堪《こら》えようとすれば却《かえ》って責め苦はひどくなることを近頃では学んだので、潤みを帯びたそれを嚙《か》むことは出来なかった。

「もう少し……ゆるめて……出来る？」

きついよと耳元で、真芝《ましば》の吐息混じりの声がする。深く低い、そのくせどこか扇情的な甘い声音《こわね》は、秦野よりも五つも年若いとは思えない落ち着きがあって、場違いな悔しさを覚えながらも、その響きは確かに秦野を魅了した。

「ん……っ」

言われたとおりに身体の力を努めて抜こうとするが、強《こわ》ばって震える下肢は上手《うま》くそれが出来なかった。また、ほんの少しゆるんだところでずるりと進んでくる真芝の熱にいちいち反応してしまうせいでもある。

「うまくできない……？」

声だけでなく体格や顔立ちを取っても、いっそ真芝の方が年かさに思われる。と言ってもむしろ年相応なのは真芝の方で、未《いま》だに少年のような面影を残した秦野の顔立ちや細い身体の方が年齢に見合わないのだ。

こんなふうに組み敷かれていては尚更《なおさら》、真芝の野性味の強い整った顔立ちに迫力が増し、飲まれそうになる自身を知って秦野は内心で歯がみする。

「う、る、さい……っ」

真芝の肉厚な唇は、そんなもの慣れない反応を返す秦野を眺め下ろしては笑みを堪えるように歪《ゆが》んでおり、畜生、と秦野は胸の裡《うち》で毒づいた。

きつい、などという言葉も本当かどうか怪しいものだ。真芝のそれに擦《こす》りあげられる内壁は人為的に施された潤いとしつこいほどの前戯と、真芝の体液で濡《ぬ》れそぼって、動く度《たび》に聞くに耐えない音を奏でるほどになっているのに。

「あ、い、いやだ、やめ……！」

火照りを帯びて更に敏感になった耳朶《みみたぶ》に嚙みつかれ、身体の奥が更に淫《みだ》らに溶けていく。粘りの強いクリームがたっぷりと挟まったような感触のするそこを、熱くて硬いものでぐいぐいかき回され、秦野は悲鳴じみた声をあげた。

「な、にが、キツイだ、……って、ああ、イ……ッ！」

遠慮もなしに責め立てられて、苦しいくらいに感じた。感じるように、なってしまった。耳鳴りがするほど心臓が高鳴って、切なく甘い疼《うず》きが五感のすべてを支配する。身体中からはあらゆる体液が吹き出して、真芝と秦野を隔てる僅《わず》かな空気さえも濡らしていくようだ。ちりちりと痛む張りつめた胸に、思いがけずやさしい感触で舌が絡みついて、ぺたりと貼《は》り付いてくるやわらかな感触に癒されながら追いつめられる。

突き落とされるような押し上げられるような訳の分からない不安に駆られ、一回り以上逞しい肩にまた縋《すが》り付くと、身じろぎのせいで深くなる交合に喘《あえ》がされた。

「んゥ……！」

高い鼻梁《びりょう》が頰を滑る。擦り寄るような甘い仕草で唇が重ねられ、真芝の長い睫毛《まつげ》がかすめる感触さえも、秦野を喘がせる原因になった。

ねっとりと舌が絡みつき、気づかないうちにその動きをトレースするように自分のそれが蠢《うごめ》いている。我に返る頃にはもう唇の中はぬめった音を立てていて、生々《なまなま》しい感触とその快さに意識はまた途切れがちになった。

意志を裏切る震える肉は男のそれを味わうように食《は》んで、啜《すす》り上げるみたいな音を立てながら快楽を深めようとする。

舌で、セックスで、開かれた身体を貪《むさぼ》るように犯される。

「ほんとにきついな……このまま、食われそうだ……」

揶揄《やゆ》が混じっている割に、真芝の声には余裕がなかった。けれど、それ以上におかしくなっている秦野には、男の声にどこか苦いものが潜んでいることに気づくことなど出来なかった。

「あー……はア、あ——！」

ほんの半年の間に、女以上に貪婪《どんらん》になったその場所は、ピークを迎えるためにいよいよ複雑に蠢き始める。腰を揺すってはねだり、締め付けては泣いて、張りつめきったセックスは真芝の引き締まった腹筋に擦り付けられる。

「気持ちいいの……？」

シンプルで卑猥《ひわい》な響きの問いかけに、子供のように何度も秦野は頷《うなず》いて見せた。良識や羞《しゅう》恥《ち》はそんな彼を嘖《さいな》んだが、もはやこの疼きをおさめないことにはもどかしくて死んでしまいそうだった。

「いい……いいから……」

もっと、と消え入りそうな声でねだったそれを真芝は正しく拾い上げ、ゆっくりと腰を回された。

「ひァ……っ！」

秦野はその微妙な、だが的確な動きに感じすぎて、どこか壊れたような嬌声《きょうせい》を放った。

普段は清潔な印象の強い秦野の黒目勝ちの瞳《ひとみ》が、鈍く濡れた、どうしようもなく淫らな色を放つ。もう半ば意識はないようで、こうなってしまうと彼自身にももはや手のつけようがない。

「う……く、う、う……っ、ま、しばァ……ッ」

啜り泣くような声を吐息混じりに漏らして、どうにかしてほしいと身体を揺らす。

「ひ、あ、いあ――……っ！」

熟れた内部を擦り立てていた熱の塊はぐずぐずと音を立てながら引き抜かれ、追い縋るように揺れた腰を強い指が押さえ込む。

真芝の去った場所がひやりと冷たい。感触に一瞬正気付くけれど、満たされないさみしさに収縮する己の身体の卑猥さに、秦野は泣き出しそうな顔をした。

「なんっ、なんで、抜く……んっ」

もがいた腕も捕らえられ、唇を塞《ふさ》がれた。肉厚の舌は生き物のように秦野の口を這《は》い回って、教えられたとおりに尖《とが》らせた舌をつつかれ、ほったらかしのままの下肢が疼いて苦しい。

びくり、びくりと意志に関係なく痙攣《けいれん》するそこは、あまりに浅ましく男の熱を待っていた。

「ん――ん、ウっ、ふあ……ッ」

なにか細くて硬いものが蕩けたそこをかきまわし、ああ指を入れられたのだと秦野はぼんやり感じた。

「あん、あ……あっ、あっ」

正直、もうなんでも良かった。硬い確かなもので疼き続けるそこをいじってくれるのなら、今はどんなおぞましいものでも受け入れられる気がした。

慣れた真芝の指ならそれは尚更で、端整で長いそれが複雑に蠢き身体を高めていく動きに酔った。

「こんなにやわらかくしてるのに、吸い付いてくる」

いやらしいやつだと嗤《わら》われて、一瞬身を固くしたスキをついて、真芝は激しくまとめた指を抜き差しする。

「――ああ、ああっあ！　やあああああ!!」

「なんでもいいんじゃない？　ここ。こんなふうに……できれば」

こんなふうに、そう言いながらぐるりと中で回されて、秦野はもう声もないままかぶりを振る。

「今度オモチャ入れてみる？　動くやつ。ねえ？」

「ひ……っや、いや……いやっあ、あああ……」

淫猥《いんわい》な嘲《あざけ》りの言葉に、しかし秦野の身体はしっかりと反応している。

いつだか真芝が嫌み混じりに評したように、秦野にはこういうセックスに対する「才能」があったようだった。認めたくはないが事実かも知れないと、熱く疼く身体をくねらせながら秦野は思う。

「そ、そんなの、いやだ……っ」

「前こんなにぐっしょりにして、なに言ってんの？」

強く握られたセックスは、真芝の言葉通り濡れそぼって、秦野は羞恥に顔を歪めた。

「も、もうやだ、もう……」

怯《おび》えた顔でかぶりを振ると、真芝の顔に剣呑《けんのん》な色が浮かび上がる。

(やばい)

不快げな視線にびくりとなった秦野は、しかし一瞬逃げるのが遅れた。

「や……め、や！」

そのまま下肢へと沈み込んだ精悍《せいかん》な顔立ちは、後ろを探る指もそのままに、震えるセックスへと文字通り噛みついてきた。

「ひ……い、痛……っ、痛いッ！」

横ぐわえに歯を立てられ、痛みと恐怖に竦《すく》み上がると、じりじりとした痛みの上をやわら

かい舌に撫《な》で回される。

「や……だ、や、ああ……あ、溶ける……っ」

何度もそれを繰り返され、気がつけばさっきよりも数倍高ぶった性器を真芝の口の中で遊ばれていた。身体はすっかり弛緩《しかん》して、腰だけがうねうねといやらしく動いている。

もうなにをされているのかもよくわからず、暖かく濡れた感触に包まれながら、蕩けきった内奥をきれいな指に擦られるまま、秦野はただ甘ったるい喘ぎを漏らし続ける。

「ああ……ああ、いや、……だめ……っ」

躊躇《ためら》いがあるのは意識がはっきりしているうちだけで、ことが進むに連れ没入していくのは秦野のほうだった。

意図せぬまま感覚に溺《おぼ》れこんでみせながら、その官能の深さに相手が冷めるどころか、むしろ男を引きずり込むような、計算のない媚態《びたい》を見せつける。

「いやなら、どうしたい？」

ようやく顔を上げた真芝に囁《ささや》かれながら差し出した舌を嚙まれて、恥もなく秦野は男の肩にしがみつき、せがんだ。

「も、もう、入れて、お願いだから、入れて……っ」

知りたくもなかった自分の本性を引きずり出したくせに、真芝は時折そんな淫らさを見せつける秦野に臆《おく》したようになる。そうしたときには決まって彼は苛立《いらだ》った表情を覗《のぞ》かせ、戸惑いを隠すように、ことさら意地悪く長い指先を蠢かした。

この夜も例に漏れず真芝の愛撫《あいぶ》は執拗《しつよう》で意地が悪かった。再三促された淫らな哀願に、ようやくもう一度腰を抱えられ、細い脚がびくびくと震えながら真芝の腰に絡められる。

「ア、や――！」

けれど、ごく浅く含まされたまま動いて貰《もら》えず、恨みがましい視線を向けると「なんだよ」と薄い笑みを向けられる。酷薄なそれには嫌というほど見覚えがあって、秦野は息を飲みながら腰を浮かせ、張りつめたそれに手を添えて、欲しいけれども恐ろしい真芝のセックスを体内に導くべく動きはじめる。

「ん、んっ……んっ」

押さえ込まれている体勢と、どうしても及び腰になるため上手くそれが果たせず、奇妙に力んだ身体はがたがたと震えはじめる。そんな秦野をどこか冷めた、投げやりな視線で見ている真芝は、しかし少しも楽しそうには見えなかった。

「……もう、いい」

思いがけずやさしい仕草で、真芝に汗と涙に濡れた頬を手のひらで拭《ぬぐ》われる。驚き浮き上がった腰を抱いて身体を重ねられ、そのままずるりと入り込んできたものに、秦野は息が止まりそうになる。

「んあ――！」

一息に含まされたものはやはり大きく、腰が痺《しび》れるほどに脈打っている。そのまま達しそうになったけれどそれは叶《かな》わず、真芝の指に捕らわれたセックスは堰《せ》き止められている。

「く……ンう……うっ、うっあ、ああっん、あっあっ！」

ゆっくりと二度抽挿《ちゅうそう》され、それから立て続けに小刻みに揺すぶられて、次第に高くなる喘ぎ声が恥ずかしくてたまらなかった。

「どうしてほしい……？」

秦野の身体を追い込む手を、熱を下げないようにゆるめてみせながらの問いに、舌足らずな悲鳴が漏れた。

「……っ、突いて、もっと突いて……！」

ぞっとするような台詞《せりふ》は、言えと強要されるうちに覚えた。

泣きたいほどの羞恥を堪えて放つその浅ましい言葉が自身の快楽を深めると知ってからは、この手の言葉が勝手に零《こぼ》れていくようになった。

「……これで？」

冷たく嗤った真芝は卑猥な腰の律動を深めてみせる。秦野は歓喜とも哀切ともつかない悲鳴を上げて、身体の上で揺れている男の背に強く爪《つめ》を立てた。

「んあっ、いっ、あっ、いい——……ッ！」

爛《ただ》れきっていると思う。

ろくでもない。胸の裡でそんな冷めた言葉を吐き捨てながら、カラダばかりがどんどん拓《ひら》かれて、真芝に慣らされていく。

「くァ、あ……あ――……」

蕩けきった腰はもはや秦野の身体とは思えない。欲するままに刺激を貪る肉は、そこに行き来する濡れた熱い感触を追いかけるだけの器になり果てる。深いところに落ちていきそうな恐怖感に駆られて、汗にまみれた浅黒い肌を、掻《か》きむしるようにして抱きしめた。

突き落とすのはこの男だとわかっていても、底の見えないような失墜感に怯えた秦野が唯一縋れるのは、真芝の広い胸しかない。

「も、いく、出るぅ……っ」

「締めてろ」

「う、ん……っ」

強い腕に腰を抱かれ汗に濡れた背中を撫でられて、安堵《あんど》に似た思いが広がった瞬間、軋《きし》みをあげる身体がその時を迎えた。

「……ん」

「あ――……！」

息をつめた真芝の声がして、じわりと暖かなものが身体を濡らしていく。狭いそこをたっぷりと潤す感触を追うように腰を震わせながら、秦野もまた遂情する。

愛しても愛されてもいない、他人以下の男の精と重みを受け止めるこの瞬間が一番感じるなんてどうかしていると、靄《もや》のかかったままの頭で秦野は思った。

秦野が気怠《けだる》い声のまま泊まっていかないのかと声をかければ、真芝からは呆《あき》れたような一瞥《いちべつ》が投げて寄越される。

「時々あんたの神経を疑うよ」

「そうか？　遅いからと思っただけだけど」

汗の引いた身体に、この部屋を訪ねたときと同じスーツを纏《まと》って髪を整え、隙《すき》のない横顔を見せる真芝は、先ほどまでの淫らな匂《にお》いをどこにも残していなかった。

「常識の範囲でものを言っただけだろう」

「……ジョウシキ」

ふっと精悍な頬を皮肉げに歪ませて、冷え切った抑揚のない声で真芝は言い捨てた。

「強姦《ごうかん》して無理矢理こんな関係迫ってる男にまで、随分とおやさしいもんだな」

ぞっとしない事実を端的に言ってのける、そんな真芝の態度にももう慣れていた秦野は、だらしなく頬杖《ほおづえ》をついたまま煙草《たばこ》をふかして、同じほどに色のない声で言い返す。

「そこまで自覚してるんだったら、いい加減やめりゃいいじゃないかよ……」

掠れた声に滲《にじ》んでしまうものは、事後の疲労とすれば誤魔化しも利くが、それにしても少しばかりストレート過ぎたかもしれない。

若く優秀な営業マンである彼に似合う上質な革の鞄《かばん》を手にした真芝は、ほんの一瞬苦い表情を浮かべる。

しかし、ちらりと流した目線で秦野がそれを認めるや、その痛みを堪えるような色合いはかき消されてしまった。

シャワーも済ませ、ぱりっとした衣服を身につけた真芝に対し、かたや秦野は未だ背骨の浮いた背中を晒《さら》すようにベッドの上で腹這いのままだ。なにも斜な態度を気取っている訳でもなく、ただ単に今夜も激しかった情交に身体が怠《だる》くて動けないだけのことだった。

そろそろ夏の気配を見せる空気のぬるい重さに、身体、特に下肢の関節がことのほかつらく感じて、秦野は年齢の重みを噛みしめる。

（だるい）

痺れたような脚、その奥の、真芝にいいように使われたろくでもないところが痛むのは、この際致し方ないのだろうけれど。

今さら真芝相手に身繕いに気を遣っても仕方ないという居直りもあった。きっと秦野自身よりも、この身体について詳しいのは、目の前のエリート然とした男なのだ。

真芝の体温は高い方で、触れてみれば熱いほどなのに、ほんの数メートルの距離を隔てただけで、ひやりとするような空気を醸《かも》し出す。

たった今まで、体液と官能を混ぜ合わせるような時間を過ごしたばかりにはとても見えない青年の姿を、見るともなしに秦野は眺めた。

長身の引き締まった体軀《たいく》には、仕立ての良いスーツが似合う。若く硬いラインの輪郭にはもはや乱れた時間の余韻さえない。野性味の強い、やや大ぶりな造作ではあったけれど、不思議と粗野な印象はなく、むしろ洗練された華やかさがある。

少し浅い虹彩《こうさい》のせいだろうか、くっきりとした二重《ふたえ》の瞳は綺麗な形をしているのに甘い印象はなかった。

知的レベルの高さゆえのプライドと、冷たさばかりが滲む表情を、むしろ秦野は痛ましいような気持ちで見つめる。

秦野を抱いた後の彼は、いつでもひどく苦しげに見える。無表情を装えば装うほどに、押し込められた苛立ちや後悔といったものが浮き上がってくるのだ。

(なにもそんなしんどそうな顔をしてまで、こんなオジサンかまってなくともよかろうに)

まがりなりにも脅しをかけている男になにを思うやらと胸中複雑なまま、いっそ同情さえ覚えて秦野は煙を吐くふりで嘆息する。

だからといって諸手《もろて》をあげて受け入れるには、真芝に対して許せないものも含むものも多すぎるのだが、いずれにしろ、身体を合わせ続けた半年は長い。

身体の一番恥ずかしい部分を繋《つな》げあう行為は、どれほど割り切ろうともなにかの情なりを二人の間に通わせ始めている。

認めたくないのは互いに同じで、それでも諦《あきら》めが早い分素直なのは秦野の方だった。そして、秦野の険が取れるにつれて硬化していく真芝の態度も、ある種当然の反応だったかもしれない。

「次、いつ」

だから、乾いた声でそれを問うのが今の秦野にとっての精一杯だった。

「金曜にまた、来る」

同じような声で答えを返す真芝にはなにひとつ切なさを覚える要素はなく、むしろ不遜《ふそん》でさえあるというのにやはり哀れを感じてしまって、それ以上はもう言葉もないままに、秦野は去っていく背中から目を背けた。

＊　＊　＊

夜の新宿は、酩酊《めいてい》と嬌声に満ちて、なにかを堪えながらどこか無理にはしゃいだような、空虚な感じがする。

穏やかな日常のライン、その延長線をほんの少しはずれたような、浮ついた気分で浮かれて、だから少し寂しい、そんな日に、彼らは出会ったのだ。

同窓会も三次会ともなれば、残っている人数にも偏りが出るなと秦野幸生《ゆきお》は苦笑混じりに思った。

人種にも、と言った方が正しいだろうか。残っているのは殆《ほとん》どが独身ばかりで、それも遊びが楽しいからと言うよりも、なんとなく売れ残ったような寂しさが滲んでいる。

二十代のうちには自由の代名詞であった気がするシングルライフも、大台に乗った途端になんとなく切なく感じられるものらしい。

それも専ら男の方が独り身のわびしさを噛みしめることが多いようで、同年代の女どもはとっとと結婚に見切りをつけ、それなりに楽しくやっているようだけれど、そんな華やいだ空気はこの空間には見当たりはしない。家庭を持っているものも、なんだか家に帰るのが気乗りしないなどと言う、どうにもぱっとしない面子《メンツ》ばかりだった。

（まあ、せっかくの金曜の夜に同窓会で時間潰《つぶ》せるような面子なら、それもありか）

それに、と他人事《ひとごと》のように秦野はどこかあか抜けきれない顔をした連中を見回して思う。

同窓会といっても高校の、それも東京への上京組のみだったから、もともと人数も知れたものだった。

県人会などという言葉も死語に近い。彼らの田舎である九州から出てきたばかりの折りには、寂しさからなんだかんだと集まったものだったけれど、都会に馴染《なじ》むうちに過去の自分を切り捨てようとするものも少なくはない。年々、集まりの悪くなるのも致し方ないこととは思う。

中にはすでに腹回りに中年の貫禄を見せつけ始めたものもあり、時の流れというものをひしひしと感じる。自身が童顔で細身なせいか、普段では忘れている己の年代というものを、目の前に突きつけられた気分だった。

学生の頃からスタイルも顔立ちもさほど変化のない秦野自身の変わり様といえば、肌の色がすっかり白くなったことくらいだろうか。地元にいた頃は年中部活に明け暮れ、太陽に焼かれていたせいで地黒なのだとばかり思っていたのだが、それは南国の強烈な日差しのせいでしかなく、上京して十数年を経てみると、むしろ男にしては色が白い方だったのだと気がついた次第だ。

止まってしまったとばかり思っていた時間も、秦野が気づかないうちにゆるやかに流れていたものらしい。静かにそう思って、時の経《た》つのもあながち悪いことばかりではないと、顔立ちに不似合いなほど老成した笑みを秦野は浮かべた。

三次会の会場である、新宿歌舞伎町の少し寂れた感じのする居酒屋には、そんなでっぷりとした風体《ふうてい》の方がいっそ似合いなのかもしれない。どう穿《うが》っても二十代後半にしか見えないような自分の方が、どこかおかしいのだ。

それぞれの「事情」というやつも、それなりに抱え始める年になった。若い内にはぼんやりとしか知らずにいられた「疲れた」という言葉を、身をもって噛みしめる年代に差し掛かったかつての友人たちは、酒気を帯びただみ声で会社の愚痴を繰り返している。

そうか、そうかと言うばかりだったけれど、上司が、妻がと零す友人たちはもはや誰が自分の話を聞いていようといまいと、関係ない状態だから、気まずくなることもない。

二次会の途中あたりで特に親しかった面子は先に切り上げてしまったし、サラリーマンではない秦野には、体制の中で縛られたものの悲哀に相づちは打てても、話に乗ってやることは出来なかった。

秦野の現在の職種は、保育士である。いわゆる保父さんというやつで、知人の経営する私立保育園に勤めている。小作りで優しげな顔立ちや、他のパーツに比べて大きな黒目勝ちの瞳は、園児だけでなく同僚の保母や保護者にも受けが良かった。

子供相手の仕事では、強面《こわもて》よりも断然童顔の方がいいに決まっている。白髪ひとつない黒々とした髪を指で梳《す》きながら、まあこの見てくれも今は役に立っているとひとりごちた。

無論、見た目のイメージほど、保育士という仕事も呑気《のんき》なものではないのは実際だが、無理を押して営業成績をあげることもなく、同僚ともそれなりに上手く付き合えている自分は、環境にも恵まれていると思う。数年はサラリーマンを勤めていた時期もあるから、余計にそのありがたみはわかっている。

そんな秦野だから、今この場所ではやや浮いているのは事実だったが、喧噪《けんそう》に身を浸すのは悪い気分ではない。

昔から、無口というわけではないが、率先して話題を提供するタイプでもない秦野を知っている面々は、それで気分を害したようすもなかった。

秦野のように誰もいない部屋へ帰るのも、目の前の元クラスメイトのように薄情な妻が待つ家に帰るのも、同種の寂しさがあって、彼らの中に通じているのは、そうした人恋しさのようなものだった。


「——あ、すみません」

ずるずると四次会になだれこむことになり、その移動中に、自身が思うよりもしたたかに酔っていた秦野は一人の男に肩をぶつけた。

ネオンが眩《まぶ》しいこの街ではそんな光景は珍しくもなく、酔っぱらいのごった返す中では、人にぶつからずに歩く方が難しいと、いちいちそれを気にするものもない。

だからこの時秦野も、謝罪というにはやや軽い、呂律《ろれつ》の怪しくなった声で一言告げて去ろうとしたのだった。

しかし、一瞬ののちに派手な音を立ててひっくり返った男にぎょっとさせられる。

「だ、大丈夫ですか？」

酒にゆるんでいた頬が一瞬引きつり、鈍い動きで倒れた男に腕を貸す。

「あ、……すみません……」

しかし、気の抜けた声でそう呟《つぶや》いたきり、男は一向に立ち上がろうとはしない。ちらりとあげた目線は酒に赤らんでいたが、やけに印象的な目をしていた。

二重のくっきりした目元に通った鼻筋。整えた髪からこぼれる前髪さえさまになっている。

（へえ、こりゃまた随分な男前だ）

身なりは華やかなフォーマルスーツで、それが嫌みなく似合う二枚目だなと、半ば感心しながら秦野は思った。

ふ、と酒臭い息を吐いた男の傍《かたわ》らで、倒れたときに落としたのだろう大ぶりの紙袋からは、結婚式の引き出物とおぼしき包みが転がり出ている。

「あらら、縁起物なのに……」

自分がぶつかったせいもあろうと慌てて拾いあげる秦野に赤らんで虚《うつ》ろな瞳を向けた男は、かまいませんよと小さく言った。

手に取れば案の定、『寿』の文字が光っている。袋に戻し目の前に差し出しても、道に腰を落としたままの男はそれを見ようともしない。

「どうせ……いらないものだし……」

「いや、そりゃまあ引き出物なんて役に立たないもんだけどさ……」

とにかく受け取って立ち上がって貰わないことには、自分もこの場を去りづらいではないか。

少々厄介だなと思いつつ男の様子を窺《うかが》うが、彼はやはり身じろぎもしなかった。

(参ったなあ)

顔に僅かな赤みは差しているものの異常な感じはないし、声も言葉も小さいながらしっかりしたものだったが、見た目の表情よりも相当に酔っているようだなと秦野は判断する。

だいぶ暖かくなってきたとはいえ、夜ともなればやはり風は冷たい。酔った頬にもそれは感じられるのだ、いつまでもへたりこんでいては身体にも悪いだろう。

「まあとにかく立って、ほら、いいスーツが台無しじゃないか」

「すいません……」

酒気を帯びても失われない声のハリと雰囲気から、恐らく自分よりも年若い青年であろうと判断するや、口調も自然年長のもののそれになる。

思わず子供をたしなめるときのような声を出している自分を笑いながら、少し強引に腕を引く。よろよろと腰を上げた男の衣服の泥を払ってやると、彼が結構な長身であるのがわかった。

精悍な浅黒い顔立ちに、ソフトで上品な色合いのスーツはよく似合っている。同性として軽い嫉妬《しっと》心を覚えるような、若い、いい男だった。

それだけに、酒に飲まれたさまは哀れで、おかしみさえ感じさせる。

「おいおい、しっかりしなさい」

真っ直《まっす》ぐに立っているのもつらいのか、ゆらゆらと目の前の上半身が頼りなく揺れていて、苦笑いを零しながらも手を貸してしまう。見ず知らずの人間に親切にしてやるいわれはなかったが、自身がきこしめしたせいもあって、スタイリッシュな青年の情けないようすにはむしろ、奇妙な微笑《ほほえ》ましささえ覚えた。

そして同時に、危なっかしい相手にどうしても手を貸してしまうのは性格なのか職業病なのかと胸の裡で呟く。

保育士という仕事は甘くはなく、走り回る子供相手の体力勝負の部分もある。やや小柄で細身ではあっても力には結構自信があった秦野だ。

しかし、歴然とした体格の差、そして酔っぱらい特有の力の抜けた身体は、支え続けるにはあまりにつらい。

（どうすっかな、こりゃ）

関わってしまった以上今さら放り投げる訳にもいかないと、秦野が途方に暮れていると、背後から声がかけられる。

「幸生ー、おい、どうしたよ？」

隣を歩いていた友人たちはいつの間にか消えた秦野を捜しに戻ってきたようだった。

ほっと息をついた秦野に対し、うなだれたまま秦野の肩に長い腕を載せたままの男は、ぴくりと身を強ばらせる。

「なにやってんのお前、それ、誰」

「いや、ちょっとさっきぶつかっちゃって……」

呆れた声の友人たちにかこつけて、悪いけど、と言いかけたとき、苦しそうな呻《うめ》き声が聞こえてきて、秦野はぎょっとなる。

「あ、おい、頼むよ、大丈夫かい⁉」

「なんか……頭が……」

口元を押さえて眉《まゆ》を顰《ひそ》めた彼は本当に苦しげで、目尻《めじり》のあたりにはうっすらと涙さえ浮かんでいる。これはもう仕方なかろうと吐息して、所在なげに立ちすくんでいる面々に「すまん」と秦野は言った。

「先に行っててくれ。行けるようなら後で混ざるよ」

自分一人のために場を崩すのも申し訳ない、そう告げると、おざなりに「気をつけろよ」と言いつつも彼らはその場を去っていった。

「ったく……冷てえなあ」

そんなものだろうと思ってはいたが、あっさりとした態度に苦笑いが漏れる。

「――ユキオさんて言うんですか」

ネオンの向こうに気を取られていると、耳元で存外はっきりした声がそう訊《たず》ねてきて、秦野は少し驚いた。

「え？　あ、ああ。そうだよ。……で、どうだ？　気分悪くないかい？」

秦野の問いには答えず、男は勝手に話し出す。

「俺の知り合いと同じ名前だ」

「え？」

「今日ね、そいつの結婚式だったんですよ」

さらりと崩れた前髪が男の目元を隠して、表情を読めなくする。

軽薄な声音の割に、シニカルな匂いの強い言葉。歪んだ口元に、めでたい席の後にしては妙な違和感が感じられた。

(もしかすると、友人の嫁さんに惚《ほ》れてたとか……？)

短絡的な発想だったが、どうもこの荒れた雰囲気は色恋絡みではないかなと秦野は想像する。

そして、また深く息をついた男が呟いた言葉に、内心で「あらら」と思う羽目になった。

「俺ー……ふられちゃったんですよ」

（あちゃ……ビンゴかい）

それで、こんな身ぎれいな格好で酔いつぶれるまで一人で飲んでいたのか。なまじっか見場が良いために、なんだか哀れさがひとしおだった。

「そうか、そりゃ気の毒だったね、えと……」

「真芝。真芝貴朗《たかあき》です。はい、これ名刺ー……っと」

酔っている割に、やはり口調だけはやたらはっきりしている。しかし、胸ポケットから名刺を差し出す動作だけは、奇妙に震える指のせいでうまくないようだった。

差し出された小さな紙片には、秦野のよく知る企業の名があって、思わずため息をついてしまう。

エリートで、長身で、甘い顔立ちと耳に残る深い声を持った青年でも、人生そうそううまくいかないものらしい。

整った横顔は硬く、少し肉厚の唇は噛みしめられて震えていた。

「真芝くん、よかったら飲み直すかい？」

ぽろりとそんな言葉が零れてしまったのは、なぜだろう。自身でも訝《いぶか》りながら、意外そうに目を見開いた真芝の顔は幼げで、悪い感じはしなかった。

「やけ酒には、愚痴の相手が必要じゃないか？」

まあこれもなにかの縁じゃないかと秦野は笑ってみせる。

後から思えば、その笑みを向けられた真芝のぎこちない表情や、どこか剣呑なものの含まれた気配とかに、確かに秦野は気がついていたのだが。

同情と酒に目眩《めくら》ましされて、千鳥足を装った男の腕の強さにまでは、警戒心を持つことが出来なかった。

数時間の後、この先の秦野の人生を揺さぶる、思いも寄らないような激しい奔流に巻き込まれる自分の姿も知らずに。


後頭部に激しい痛みを感じたあと、秦野の視界は黒くかすんでいた。

鼻先にはきな臭いような感覚があって、それが床に激しく打ち付けられたせいだと悟るには随分な間があったような気がする。

目の前が暗くて、自分が目を開けているのかどうかも定かではなかった。多分に、久しぶりに痛飲したあとでは状況判断自体がうまくない。

ともかくも、ぶつけた頭のようすを知りたいと秦野は腕を動かそうとするが、それもなにかに拘束されてままならない。一体、なにがどうなっているんだと多少の苛立ちを覚えたところで、頭上から低く鋭い声が聞こえてきた。

「……動くなよ」

（え？）

そして、段々と頭がはっきりしてくるにつれ、己の置かれた状況が飲み込めてくる。

まだいささか視界は心許《こころもと》なく霞《かす》むけれど、見覚えのある壁紙や家具の配置からいって、ここは秦野の自宅であるマンションの中だった。滅多には開けない客用に空けてある一室、部屋の電気は点《とも》されておらず、開け放たれた扉から漏れる明かりのみの薄暗い視界ながら、それくらいの判別はつく。

しかし、と秦野は眉を顰めながら、腑《ふ》に落ちない幾つかの事柄を胸の裡で検分する。

部屋の入り口で、身体を半ば廊下に突きだした状態で転がっている体勢や、胸元が嫌に涼しいことや、動かせない腕にまつわるシャツの残骸《ざんがい》。

そして、組み敷くようにのしかかった重い身体。

――誰だ？

「なっ……なに⁉……ってぇ……！」

ようやくあたふたと身体を起こそうとしても、膝《ひざ》の上を押さえ込まれてしまった秦野は身動きもままならず、痛む後頭部を再び床にぶつける羽目になった。

「……っ、君はなんなんだ……！　誰だよ！」

精一杯の怒声をあげたつもりが、得体の知れない恐怖感と痛みに掠れ、ひどく弱々しいものになる。

狼狽《ろうばい》の滲んだ問いかけに返ってきた声は、どう考えても暴力的な現状に似つかわしくなく、ひどく色のない、淡々としたものだった。

「真芝貴朗。……覚えてないんですか？　さっき名刺だって渡したのに」

わざわざフルネームで名乗るものの、本名かどうかわかったものではない。胸の裡で毒づきながら、さっき、という台詞を痛む頭で考えてみるが、どうも記憶がはっきりしない。

「なんだそれ……大体なんでうちにいるんだ！」

「参ったな…それも覚えてないんですか」

喉奥《のど》で笑いながら、まあどうでもいいけどね、と真芝と名乗った男は言う。

頭を打ったせいか、この夜の記憶をいくらたぐっても、新宿の飲み屋で友人と酒席を囲んだ処《ところ》までしか思い出せない。

恐らく自分は今夜、相当の量をきこしめしたのだろう。口の中に残る酒気の酷《ひど》さは相当で、酔いの醒《さ》めかけた身体にはただ不快なだけだ。

（なにがどうなってるんだ……！）

その間にももがき続けたせいで、腕を後ろ手に縛《いまし》めるシャツは捩《よじ》れ、拘束を強める結果にしかならない。

冷や汗をかきながら鑑《かんが》みるに、酒の勢いに任せて、その飲み屋ででもこの男と知り合いになったのだろうと見当をつける。

そして、介抱ドロ、という言葉が脳裏をよぎる。意気投合したふりをして、酔った自分を送るだの、親切ごかしを装った強盗かなにかだったのだろうか。

「こんなことしたって……金なんかないぞ……！」

苦痛に呻く秦野に、四肢の自由を奪った男は酷薄な笑いを投げてよこす。

「別にそんなものが欲しいんじゃない」

まだわからないのか、という呆れたような声音は秦野の神経を逆撫でた。そして、それ以上に秦野を不愉快にさせているのは、開かれた胸の、肌の上を這い回る男の指だった。

「なにしてるんだ……」

指は長く整っていた。その感触はひどく冷たい。およそ、秦野の身体に仕掛けた行為に不似合いなほどに。

ごくりと喉が鳴って、嫌な汗が背中を伝い落ちる。

まさかとか、なんの冗談だとか、ありきたりな台詞は頭の中を巡るばかりで、ひとつとして言葉にはならなかった。

部屋が暗い上に覆い被《かぶ》さられるような体勢を取られている為、はっきりと判別出来なかった顔が、夜目に慣れてきたおかげで秦野の視界に浮かび上がってきた。

その冴《さ》えて涼しげな目元から発せられる凶暴な光に気づかなければ、いっそ味わう恐怖は少なくて済んだのだろうかと秦野は後々にも思い起こすこととなる。

どうにか尻でいざって逃れようとするが、見た目よりもずっと力の強い腕に、あっさりとそれは阻まれた。

そして、上質なスーツを纏う彼にはいっそ不似合いな荒っぽい所作で押さえつけてくる。

「おっ……俺は、男だぞ……？」

たとえ秦野が若作りで、三十路《みそじ》に見えない童顔だとしても、「カワイイ」などと同僚たちにからかわれていても、女顔では決してない。まして、半分ほど衣服を剝《む》かれたこの状況では言わずもがなのことだろう。

「見ればわかるよ」

案の定あっさりと、穏やかな声でいなしながら、真芝はネクタイを抜き取った。

「だったら……っぐ」

清潔なシャツの襟《えり》元を彩っていた光沢ある布地は、丸められて秦野の口に押し込まれた。

驚愕《きょうがく》に目を見開いたままの秦野の身体を、そして真芝は造作もなくひっくり返す。

ラフな普段着のボトムは、いっそ呆れるほどにあっさりと脱がされ、秦野は唾液《だえき》を吸ったネクタイのせいでままならなくなった呼吸が、焦燥のためにさらに苦しくなるのを感じた。

(冗談じゃない！)

このままでは、本当に犯されてしまう。三十三年の人生の中で味わったことのない類《たぐい》の恐怖に身体中が粟立《あわだ》った。それなりに色々なことはあったけれど、性的嗜好《しこう》において至ってノ

ーマルだった秦野の世界では、ホモセクシュアルには全く縁がなかったのだ。それが。

見ず知らずの男に、後ろから犯されようとしている。

「ウウウ――ッ」

もがき、身体をばたつかせてみても、体重をかけてしっかりと押さえ込まれた身体は少しも逃れることが出来ない。奪うものと奪われるものの違いを思い知らされ、悔しさと情けなさにまみれながら、秦野は「なぜ」と思った。

なぜこんな、得体の知れない男に乱暴される羽目になっているのか。

春先とはいえ、まだ暖房をつけずに過ごすには厳しい時期だ。冷えたフローリングに剝き出しの膝が擦れて痛んだけれど、そんなことを構っている場合ではなかった。

「うウ、ン――！」

闇雲に暴れても疲労が募るだけで、抗《あらが》う力が次第に弱くなっていくのを感じた。アルコールも嫌なふうに回り始め、嘔吐《おうと》感と頭痛が交互に襲ってくる。

その間にも、男の硬い手のひらはあられもない場所をまさぐってくる。

「……大人しくしていて」

脚の間にある部分をその冷たい指に捕らえられ、恐慌はピークに達した。もう力さえもろくに入らず、がくがくと震える膝が崩れそうになる。

「暴れると、痛いのはアンタの方だ」

脅し文句をやさしい声音で囁かれ――身体の奥に、なにかぬめるものが塗りつけられているのを知った。

見開いたままの瞳から零れたものが、頬を汚していく。自分がこんなことで泣く日が来るなんて思いもしなかった。

（もう、だめだ――）

そして、これから自分を襲う蹂躙《じゅうりん》に備え、ゆっくりとその瞼《まぶた》を閉じるほかに、秦野に出来ることは、もうなにもなかったのだ。


翌朝目が覚めると、秦野はベッドの上にいた。

身体中の関節という関節が軋みをあげて、目が覚めてしまったのだ。そしてあらぬ場所に響いた痛みに、その原因をも思い出し、出来ることなら目覚めたくなかったと秦野は重い息を吐き出す。

「……っく」

ほんの僅かに身じろいだだけで走り抜けた鋭い痛みに声もなく打ちのめされながら、ごわついた感触にかなりの血を流したことを知った。

今日が休みでよかったと思う。秦野の勤め先は基本的に土曜日は休みではない。週休二日のノルマは、日曜と、ローテーションの申告で休みを取ることになっているのだ。昨晩の同窓会のおかげで、宿酔《ふつかよ》いを見越して休みを申請しておいて良かったとしみじみ思う。

（まさか強姦されたダメージの休養にそれがあてられるとは、思わなかったけどな）

自嘲《じちょう》気味に笑って、騙《だま》し騙し身体を起こしてみる。

昨晩のあれが夢でないことは体調の酷さに知らされたけれど、上掛けをはぐった先の自分の姿には流石《さすが》に絶句する。

（ちくしょう……ッ）

震えだす身体は冷え切っていて、それが怒りのためか恐怖のためなのかわからなかった。両方だったかもしれない。

全裸であるならまだましだった。下肢はむき出しのまま、引き裂かれたシャツが半端に纏いつく腕には擦過傷、そして、腰回りを覆うだけのシャツの裾《すそ》には明らかに血痕《けっこん》とわかる染みが残っていた。

震える指で胸元をかきあわせると、饐《す》えた匂いが鼻につく。独特の不快なそれに、吐いたらしいことは想像がついた。

頭痛がひどいのは酒のせいばかりでもなく、どうやら昨晩押し倒されたときに打ち付けたせいかと思い至る。恐る恐る手を触れると、後頭部に妙な膨らみがあり、瘤《こぶ》ができているようだった。

「気がついた？」

青ざめたまま硬直する秦野は、不意打ちのようにかけられた声に身体が竦み上がった。

「なんで……」

呆然《ぼうぜん》と呟いた声は嗄《か》れて、別人のようにひどいものだった。

まさか翌朝になってまで、真芝がいるとは思わなかった。驚きのあまり反応出来ないでいる秦野のベッドに、薄笑いさえ浮かべた男は近づいてくる。

反射的に身体が怯え、跳ね上がるように震えた反動で腰の奥がまた痛んだ。呻きながら布団に突っ伏すと、裸の肩に手のひらが触れて肌が粟立つ。

あの後のことは、具体的にはあまりよく覚えていなかった。

断片的に凄《すさ》まじい痛みが襲ってきては、内部を抉《えぐ》るような硬直に吐き気を催し、無論秦野の男性の部分は縮み上がったままなんらの反応も見せることはなかった。

破瓜《はか》の痛みなどというものを、男の身で、しかもこの年になって知る羽目になるとはと、どこか間抜けなことを考えたのは覚えている。

陵辱に、女性のようにプリミティヴな部分で傷つくことはなかったけれど、凄まじい不快感と激痛には意識を保ってなどいられなかった。

けれど今、冷えた肩に暖かな手のひらの感触さえもが、秦野を恐怖に陥れる。

純粋な、痛みと暴力に対する恐怖だった。

「お前……っ、なんで、ここにいる……⁉」

振り払うことさえ出来ないまま身体を硬くして、今出来る精一杯の強がりで怒鳴ったつもりだったけれど、実際にはひどく震えた、弱々しい台詞にしかならなかった。

微かな笑みを含んだ声音で、真芝は答える。

「だから、あなたが誘ったんでしょ？」

「さっ、誘った……⁉」

とんでもない台詞が聞こえ憤るよりも動転したまま顔を上げた秦野に、妙な含みを勝手に感じたのはそっちだと言わんばかりの表情のまま、喉奥《のど》で真芝は笑った。

「ええ、家で、飲み直そうって」

「――っ！」

肩すかしを食らわすそれにからかわれたのだと知り、この野郎と胸の裡で毒づくが、どうにか気力を立て直し、肩に置かれたままの手のひらを振り解《ほど》いて正面から男を睨《にら》み付ける。

「出ていってくれ」

「どうして？」

「ど……っ、おまえっ、自分がなにしたかわかってないのか⁉」

盗人猛々《ぬすっとたけだけ》しいとはこのような態度を言うのだろう。頭の芯《しん》がかっと熱くなる。胃の奥も焦げるように痛み出し、久方ぶりに自分が本気で腹を立てていることを知った。

怒りのあまり言葉さえもなく、秦野の細い喉からは震える呼気が漏れるばかりだった。

「なんなんだよ、なんでこんなことしたんだよ!?」

悲鳴のような声に、真芝は答えなかった。

謝罪も、言い訳もせず無言のままの彼が、硬質な印象の横顔を更に張りつめさせたことまでは、秦野にはわからない。そして、怒鳴ったことで更にひどくなった頭痛にうめき声を上げた。

普段そう酒に飲まれるたちではないのだが、今回は度が過ぎたようだ。同窓会の面子にあわせて、少し苦手な日本酒を呷《あお》ったのもまずかったのかも知れない。

しかもいっそのこと、全てを忘れてしまえれば良かったのに、ろくでもないことばかり所々に覚えているからなおタチが悪かった。

とりあえず路上で出会ったくだりは記憶にあるが、そこから先の経緯はまるで思い出せない。自分がここへ招いたと真芝は言うけれど、一体なにを話したのやら見当もつかないのだ。

ただ、のしかかられたときの恐怖感や思い出したくもない痛みや、床に擦れた頬の冷たさといった感触ばかりが生々しいほどまざまざと甦《よみがえ》り、秦野は肩を震わせた。

それから、覚えているのは声だ。

——どうしてだよ……ユキオ……っ!

暴力を受けているのは秦野の方であるというのに、ひどく哀《かな》しげな声で彼は何度も、その名前を繰り返していた。

そしておぼろげな記憶の中、結婚した友人の名と同じだとか言っていた真芝の声が甦り、秦野ははっと顔を上げる。

そして目の前の精悍な顔立ちを食い入るように見つめた。

「俺が、ユキオだからか」

重ねてもう一つ、問いを投げかけた。

「おまえをふったのは、花嫁じゃなくて、その『ユキオ』の方だな？」

真芝は答えなかった。だが、一瞬震えて伏せられた瞼が、問いを肯定していた。

冗談じゃない、と秦野は吐き捨てるように呟く。秦野自身がなにやら関係したのならいざ知らず、名前が同じだったからなんて。

「腹いせの……八つ当たりにしちゃ、これはあんまりじゃないのか……？」

「……そうですね」

「そうですねってなあ、お前……っ」

表情の無い声には反省の色も見えず、一瞬気色ばんだ秦野だったが、すぐにがくりと肩を落とし、抗議の声を途中で飲み込んだ。

そのまま深く息を吐いた秦野に、挑むような声で真芝は笑ってみせる。

「罵《ののし》らないんですか？　この強姦魔、とか」

「言ったところで無駄だろう」

心身共に疲れ果て、秦野は自分が一気に年を取った気がした。

「男で強姦っていうのかどうかわからないが、自覚はあるんだな……」

通り魔よりもたちが悪い。いっそただの強盗の方がましだったと、吐息混じりに秦野は思った。

なんだか疲れてしまって、やり場のない怒りが秦野の胃壁をきりきりと刺した。

秦野は、この状況になっても薄笑いを浮かべたまま一向に立ち去ろうともしない真芝を奇妙な物でも眺めるような目つきで見つめた。

おそらく意図的にそうしているのだろうが会話はことごとく噛み合わなかったし、あからさまに人を傷つけておいて平気でいられる人種というのもあまり目《ま》の当たりにすることもなかった。

同性愛についてはよくわからないが、恋人に裏切られて捨てられた、そうしたことがつらいのは男も女もないだろうとは思う。自棄《やけ》になるのも、わからないではない。

（しかし、それが同じ名前だったからと言って八つ当たりで犯すのはどうだろう）

人としてそれはいかんだろう。

これが最近よく聞く、サイコパスとかいうものだろうかと、ぼんやりと秦野は思う。

良心の呵責《かしゃく》とやらが生まれつき存在しない、精神的異形《いぎょう》は確実に存在するらしい。

しかしそこまでおかしなふうには見えないんだがな、と甘く整った真芝の顔立ちを眺めて考える。

少なくとも、恋人の、そして秦野と同じ響きの名前を呼ぶ声には、胸をかきむしられるような切なさがあった。

痛みの中、どこか真摯《しんし》なものさえ感じられたのだ。哀しげなあの声音には。

(ってなに同情してんだか)

混乱がピークを去った後には、なんだか当事者とは思えないような冷静なことが頭に浮かんだ。恐慌も、覚醒《かくせい》するにつれてはっきりしはじめた身体の各所の痛みのせいでさほどの問題ではなくなっている。

結論として、真芝は自分の常識の範疇《はんちゅう》では考えられない行動をしたのだと、そこに至る。

わかりあえない人種といくら話しても無駄だ、と秦野は判断し、早々にこの膠着《こうちゃく》状態に終止符を打ちに掛かった。

「もうなんだかわからんが、確かに見ず知らずの人間を家にまで上げたのは軽率だったよ。まさか自分がこんな目に遭うとは思わなかったし」

疲れたような平坦な声に、おや、と真芝が目を見張る。

「もう怒らないんですか？」

「なに言ったって気にしやしないんだろう。無駄じゃないか。無駄な努力は嫌いなんだ、俺は」

そうしてまた大きく背中を震わせる。

(妙に寒いな)

いくら室内で布団にくるまっているとはいえ、春先に暖房も入れず、破けたシャツ一枚では当たり前の話だ。だが、異様な悪寒が背筋を這い上るのは気温や気分の問題だけでなく熱が出ているのかもしれないとぼんやり感じる。

着替えたいのも山々だが、さすがに真芝の前でそれを行う気にはなれなかった。

この男の前に肌を晒《さら》すことを想像するだけでぞっとして、二の腕のそそけた肌を力なくさすりながら秦野は重ねて言った。

「もうとにかく帰ってくれよ、そうしたら俺も忘れるから」

忘れるというのは厳密には無理があったが、記憶というのがどれほど激しくつらいものでもいずれ薄れていくことを、秦野は身をもって知っている。

当然ながら暴行を受けたことに対する憤りといったものは勿論《もちろん》残っているし、正直言えば、いまは穏やかそうな表情を浮かべている目の前の男が、またいつ切れるやもしれないし、そしてあの恐ろしく痛くて不愉快な行為を再び施されることやらと思えば身体が竦む。

裂かれた下肢はなんだか痺れたように重く、酔いのひどかった昨晩と比べてもろくな抵抗は出来ないだろう。

しかし、つまるところ秦野は女性でもないし、妊娠という性犯罪の二次的災害もあり得ない。もとよりホモセクシュアルな素養とは縁のない人種だったから、この度のこれで気分的なダメージを負うことはあまりなかった。

基本的にポジティヴで、孤独に押し潰されそうになっても死ねるほどに強くも、弱くもない秦野は、そうやって今まで歩いてきた。

なくしたものや過ぎてしまったことは、いくら嘆いても元に戻らない。これから、を考えて生きてゆくしかない。

「具合が悪いんだ。俺はもう寝たいんだよ。最低限の良心でもあるんだったら消えてくれ」

リンチでも受けたと思えばいい。地元にいた頃は気性の荒い連中も多かった、吐くほど腹を殴られたこともある。この度のこれもそれと同じだ。無理矢理そう思いこんで、頭から布団をかぶった。

「……秦野さん」

「もういいだろ、気がすんだだろ!? 俺は寝たいんだ。とにかく帰れ。……帰ってくれ!!」

叫び声さえ聞こえなかったかのように、真芝は表情ひとつ変えないままだった。

ぎしりと足下のスプリングが軋みをあげる。真芝がベッドサイドに腰掛けたようだった。

「なにやってんだよ」

顔だけを覗かせ、不快げに睨み付ける秦野にもかまわず長い脚を組んだまま、真芝は平然

を真芝はいきなりそう切り出した。

「保父さん、やってるんですってね」

憤る秦野にまるで気づいていないかのような素振りで、真芝はいきなりそう切り出した。

なぜ知っている。ぎょっとなった秦野に、自分で話したじゃないですかと男はまた笑った。

「一人でいるのは寂しいよねって、失恋したって言ったら慰めてやるって言ってくれましたよ？」

ものやわらかな口調だけれど、声音はむしろ冷たかった。

どこまでも嚙み合わない会話に秦野は頭を抱える。

そして、この男がこの場所に留《とど》まっているのは決して謝罪のためなどでないことだけはわかった。

（こいつ、どっかおかしいのか……？）

真芝の真意が見えず、不安感はいや増した。途切れ途切れとはいえ残る記憶と身体のつらさから、かなりの激しい行為を強いられたことはわかっている。

これ以上やられたら、本当に死ぬかもしれない。

「も、……もう慰めは充分だろ」

虚勢さえ張れぬまま弱い声で告げると、ふっと真芝は笑った。嫌な予感がする。

「酷いなあ、まさかでしょう？」

「まさかって……おまっ」

ぎくりと身を硬くした秦野の顔を覗き込むように、恥知らずな男はやさしい声を出す。

「慣れてないせいかな、秦野さんきつくって。満足するには、とても」

ねえ、と色っぽい表情で笑ってみせるそれが、秦野には悪魔の笑みにしか見えなかった。

「だから、痛いだけだったでしょ」

「あた、当たり前だろ、お、俺は突っ込まれたことなんぞなかったんだ！」

じりじりと迫って来る笑顔から逃れようと、布団の中で後退するが、狭いスペースではすぐに壁に行き当たってしまう。しっかりと巻き込んだ上掛けの隙を見つけて、大きな手のひらが滑り込んでくる。

「そうだね、可哀想《かわいそう》に」

「やめろ、もう、ちょ、あ、勘弁しろって……！」

剝き出しの脚に、ついに真芝の手が触れた。瞬間総毛だったことなど触れている手のひらの持ち主はとっくに気づいているだろうに、素知らぬ顔でそこを撫でてくる。

抵抗しようにも、身体が竦んで動けない。それ以上に、暴れてやろうにも発熱し傷ついた身体は身じろぐだけでもつらいのだ。

「ひ……」

きつく閉じあわせた両足の力も意に介さず、内腿《うちもも》に割り込んだ手のひらは、明らかな意図を持って蠢いた。セックスにもそれは絡みつき、逃げ場のない秦野にはもはや哀願する以外に術《すべ》がない。

「なんで……こんなことすんだよ……」

いじられれば男のそれはいくら嫌でも反応してしまう。朝というせいもあってゆるやかに立ち上がったそれは、仕方ないことだが快感を与えてくる。

年齢のせいもあって独り寝もそうつらくはないけれど、自分が男だったのだとこんな時に思い知らされてなお落ち込みそうになる。

「う、くっ……」

だが本来の意味で感じる訳ではない。生理的な欲求はこみ上げるけれど、それが募れば募るほど、心は冷め切っていく。

情けなくて涙が出そうだった。なんだってこんな、中年に差し掛かろうという年齢になって、男に犯された翌日に、朝立ちの始末までされなきゃならないのだ。

「フ――……っ」

射精感を堪えると、どうしても息が上がった。感じているようで嫌だと思いながらかたく目をつぶる秦野の耳元で、手淫《しゅいん》を施す男は恐ろしい台詞を吐いた。

「付き合いましょうよ、俺と」

「なっ……に、ッあ!?」

瞬間、びくりと跳ねた腰は、濃く粘ついた体液を吐き出していた。感覚を否定しようにも軽くなった腰はじんわりと痺れて、瞬間、痛みや熱の不快さを忘れる。

「……っ」

肩でひとつ、大きく息をした秦野に、真芝は重ねて言った。

「ゆうべは痛いだけだったけど、慣れればよくしてあげられる」

「なんで慣れなきゃならん、俺が……大概にしろ……っ」

身を起こす気力もないまま悪態をつくと、粘ついた指を脱力した内腿に這わせたまま、真芝は言う。

「子供相手の仕事は、大変でしょうね？」

いやに含みの多い声音に、秦野はすっと血の気が引くのを感じた。

「学校の先生ほどじゃないにせよ、責任は多いし、素行についても色々言われたりするんでしょうねえ？」

「おまえ……！」

まさか、脅されているのか。驚愕に目を見張って眺めた男は、どこかいびつな表情でにやりと笑った。その表情は恐ろしくもあったけれど——なぜか、秦野の胸を軋ませるなにかを醸し出している。

そして、傷ついた場所に濡れたままの指を這わされ、秦野は痛みに息をつめる。

「うぐ……っ」

「手当、しようか。このままじゃまずい」

その声にはほんの少し気遣いのようなものも滲んでいたが、だからなんだと秦野は思う。

元はといえばこの男が妙なことをしなければ、自分はこんな目にあわずに済んだのだ。

「触るな……自分でする……！」

地を這うような声で吐き捨てると、真芝は奇妙に冷静な声で「無理だよ」と言った。

「寝てるからわかんないと思うけど、多分あんた、いま一人で立つのも無理だろうね」

平坦なそれが、痛みや後悔をかみ殺した末のものだと、どうしてか秦野は直感的に感じ取る。そしてまた、同じ名前ばかりを繰り返していた、あのやるせない声を思い出してしまう。

哀れなやつだと思った。

見当違いの八つ当たりに巻き込まれたことへの腹立ちは治まらないが、間近で見つけた瞳の中の空虚さには、見るものを痛ましくさせるなにかが溢《あふ》れていて、そうした感情に覚えのある秦野は同情心を抑えきれない。

「中広げて、血を洗って、消毒して薬つけて……そんなこと、出来る？」

出来るわけがない。内部の傷を想像するだに吐き気がして、貧血を起こしそうになった秦野は観念するように目を閉じた。

真芝の指は本当に傷の具合を確かめる為だけに触れたようで、必要以上の痛みを覚えさせることはなかった。本質的にサドではないようで、それだけはほっとする。

毎度こんな目にあわされてはたまらない、そう思って、自分が状況を半ば受け入れたことを秦野は知った。

いささか自棄になっていたのも否めない。やんわりと脅しをかけられた以上、自分には拒む権限はない。

「……勝手にしろよ」

小さな声でそれだけを言って、全身の力を抜いた。

努めてなにも感じないようにしながら、上掛けをはぐり、晒された下肢を清めて手当を始めた男の手を、医者かなにかだと思うことにする。

どういうつもりで付き合えなどと言ったものかは知らないが、真芝のこれは自暴自棄の末の勢いだろう。

いずれ本人が落ち着くか、秦野に飽きるかすれば終わるに違いない。そう一人決めして、とにかくいまは諦めようと思った。

ホモセクシャルにとっての好みはよくわからないが、美醜の基準やなにかは多分男女のそれと変わらないだろう。そうすると、性格はともあれこれだけ男前な真芝はきっともてることだろうと予測がつく。

とくに不細工とは思わないが、いずれにせよ真芝に比べてぱっとしない三十男の自分をいつまでもかまっているとは思えないことが、情けないながらも救いだ。負の感情というものは、そうそう長く続けられるものではない。生きてゆくことに、それは結果的に負担でしかないからだ。

なにかを失った代償行為のそれなら尚更だと、自身を振り返って秦野は思う。自分の場合はそれがたまたま、生きる為の意欲と、生活の安定に繋がったけれども。

懐かしむにはまだ早い、けれど確かに風化を始めた痛む記憶を、下肢から響くような鋭いそれとすり替えて、秦野は口を開いた。

「真芝だったっけ」

「なんです？」

傷薬を塗りつけられている間中、身を硬くしていた秦野だったが、硬い指先が内壁を去った瞬間ほっと息をつく。

「お前、いくつ」

「二十七ですよ。ゆうべも言ったでしょ」

そんなどうでもいいことを、という口調で真芝は言ったが、秦野自身どうしてそんな問いかけをしてしまったのかわからない。道理で、結構に不遜な態度の真芝が、見た目だけでは決して年上には見えないであろう自分に一応の丁寧語を使うのか、合点がいった。

ただ、二十七という年齢に、いまでも肺の奥が軋む記憶を思い出した。

「だから覚えてねえっつの。んじゃ、五つ下か」

「それも言ってた」

軽い口調を装いながら、そうか、と胸の中で呟いて、奇妙な偶然もあったものだと可笑《おか》しくなった。

（もう、五年も経ったんだな）

「……秦野さん？」

飲まされた解熱剤が効いてきたのか、うとうとと意識が揺らいでいく。瞼が重くなって、真芝の声が夢うつつに聞こえる。

そっと呼びかける声はやさしく、ああそういうふうに話せば、耳にやわらかな声なのにと思いながら、秦野は眠りに引き込まれていった。

＊　＊　＊

そうして春浅い頃に始まった関係は、秦野の予測に反し、夏を迎えても一向に終焉《しゅうえん》を迎えるようすを見せなかった。

付き合え、と言った真芝のそれはやはりセックスのことを指していて、二度目からはやたら丁寧に扱われ、傷を負うほどの乱暴をされたことはその後一度もなかった。

秦野の常識や平穏な日常を一晩でひっくり返した真芝の存在に、はじめの頃には憤りつつもただ怯えるばかりだった。

それでも、女とは違う抱擁の強さを教えられ、久方ぶりの人肌の暖かさに感じた安堵に似た快さは否めないまま、ずるずると関係は続いていった。

近頃では、当然のような顔で週に数回の頻度で自分を抱きに現れる男に、慣れてしまっている。

こんな状況に順応してしまった自分に呆れるような気もしたが、回避できない以上それも仕方がないことではあった。

身体が先に慣れてしまったのも、真芝との関係を受け入れる要因のひとつではある。強ばる秦野の身体を、ゆっくりゆっくりと慣らして暴いていった真芝によって、秦野はすっかり真芝の「オンナ」へと変化させられた。「よくしてあげられる」などと随分な台詞を吐いた真芝は、言葉通りセックスはかなり巧《うま》い。

週のうち、二度か三度の情交は、年齢や仕事を鑑みても結構につらいものがあった。

秦野自身過去を振り返れば、女性との関係は今ひとつ淡泊な方であった。特にここ五年は人の体温に触れることさえなかった。それでもまったく不自由を感じずにいたため、もう枯れたのだろうかと苦笑してさえいたのだ。

そんな秦野が、潜在的にコッチの気《け》があったのではないかと思うほどに、彼の施す愛撫は凄まじい快感をもたらした。

いじられて深く貫かれると、訳が分からなくなってしまう。濡れて、乱れて、脳の奥まで真芝に貫かれてかき回されている気さえする。

後ろだけで達するようになったのはかなりショックではあったが、もともと男にはそこに性感があると知ってからは、いちいち気に病むことはやめにした。

考えたり悩んだところで真芝は自分を抱くことはやめなかったし、それで身も世もなく悶《もだ》えてしまうのも、紛れもない事実だったからだ。


いつものように抱きつぶされた後、そっけない一言二言を交わし、真芝は秦野に背を向けた。

やがて扉が閉まる音が聞こえ、深く息を吐き出したことで、自分が痛いほど神経を張りつめ、去っていく真芝の気配を追っていたかを知る。

さまざまな意味で疲労を覚えて、新しい煙草に火をつけると、煙が肺に浸みていく軽い酩酊感を味わった。

「なーに緊張してんだか俺も……」

秦野は呟いて、汗を含み乱れた髪を指先で掻いた。一人の部屋にその呟きは案外響いて、自分の口から零れたものではないように聞こえ、一瞬どきりとする。

事後の高揚感と背中合わせの虚しさに飲み込まれたまま、身繕いも億劫《おっくう》になる。

真芝しか知らないからよくわからないが、男同士のセックスはさまざまな意味で相当にハードなものだと思う。快感も深いが、受け入れる側は負担が大きく、行為の後二、三時間は動く気にもならないのだ。

のろのろとベッドに懐いたまま、習慣になった真芝とのこの関係が愛情の果ての行為であったなら、これほどに虚しくならずに済むだろうかと、ふと秦野は考えてみる。

「最初が最初だから、それもないか」

そしてすぐに、埒《らち》もないことをと苦笑を浮かべた。

情を交わすはずもない、取引のセックスに、溺れるほどに心が渇いていく。

唇が痛むほどに強く深く口づけながらも、一度も交わさない目線や、意固地なまでに露悪的であろうとする真芝の態度に、なんだか疲れてしまっている。

いい加減、身体だけの関係でも馴染めばそれなりに情は湧く。もとより、怒りや悪意が持続しにくい性格で、人との関わり方も穏やかでやさしいものが好ましい秦野には、いつまでもぴりぴりと神経を尖らせたままの緊張感は居心地が悪い。

初めての時のように暴力まがいの行為を続けられれば、さすがに温厚な秦野とて考えを改めただろうけれど。

「だったらなんであんな……」

繊細な愛撫を身体中に施したりするのだろう。

本当に憂さ晴らしのためだけに抱くのなら、もっと手荒な扱いを受けるものだろうと思うのだ。そうなればおそらくいまの数倍は、肉体的にも精神的にもつらい目に遭うだろうけれど、混乱は少なかったのではないかと秦野は考えた。

つれなく突き放そうとする真芝の背中に、どうしてか無理があるのだと気づいてからは、身勝手で傲慢《ごうまん》な男を嫌えなくなってしまった。

言葉や態度はもとよりきつい男で、感情が激するとなにをするかわからないのは身をもって知っている。

だが、根本的な部分でサディスティックにはなりきれない甘さがあることは、会話よりもベッドのことで少しずつ知った。

多分情を傾ける相手には相当に甘く、そして情熱的なタイプなのだろうと思う。そして本当は、ひどくやさしい部分のある人間だということも、技巧だけではない愛撫の細やかさから感じられた。

真芝の素《そ》っ気《け》ない仕草や冷たい表情も、近ごろでは精一杯の虚勢を張っているようにしか見えない。意地になってやさしくするまいとしているような、秦野の存在に慣れることを許さないような、そんな頑《かたく》なさが見えるのだ。

広い肩先を怒らせてみせながら、秦野に向けて放つ鋭く尖った言葉や態度は、そのまま彼自身を傷つけているようだった。

自虐的と言ってもいい。

短いながら会話の端々に見える、彼の自身に対するプライドは、半端でなく高い。多少他人に対して肩書きや職種で偏見的な見方もするようだが、有名企業の第一線で営業をこなす男としては、まあ当然だ。

秦野が推測するに、己がこんな下卑た行動を取っていることすら、彼の性質からいって、本来は許し難いことなのだろう。

クールな部分を持っていることと、冷徹なのとは大きく違う。そのあたりを真芝は履き違えている気がしてならなかった。見合わない行動は彼の神経を疲弊させ、追いつめているように見える。

(疲れるだろうに)

他人事のように考える自分に気づいて、自嘲めいた笑みが口の端に昇る。

この場合の秦野は本来怒ったりとか憎んだりとかするべきなのだろうが、真芝に対してそういう気持ちが湧いたのは最初の晩だけのことだった。

八つ当たりのような棘《とげ》のある感情をぶつけられて、それをそっくりと返すには、秦野の精神は少々落ち着きすぎてしまっていた。痛みを痛みで返すやり方など、考えただけで疲労が募る。

偽善でもいいから平穏が欲しい自分は、だから早々に怒りの方を放棄した。

終わりを決める権限が秦野にないのならば、状況を受け入れるほかになかった。身体が合うのはお互いに、呆れるくらい確かめ合って知っている。

第一この身体は真芝に作られたようなものだ。反応の仕方や声のあげ方まで、恐らく逐一あの男の好み通りになってしまった。

もういっそここまでくれば腹をくくってセックスフレンドの一種とでも思ってしまえばいい。

そんなふうに秦野が割り切っているのに、むしろ真芝の方が、なにか頑なにこだわり続けているように思えてならない。

馴《な》れあったぬるい関係でも、案外居心地は悪くないと思うのだが。

そんなことを言えば、あのプライドの高い男はバカにするなと怒鳴るだろうけれど、本気だといえばますます腹を立てるだろう。

どこの世界に、強姦した男に脅迫されて、その相手を哀れんでみせるバカがいるのかと自分でも思う。

それでも。

「傷つけるより優しくする方が、気持ちいいもんだと思うけどな……」

それがたとえ、どんな最悪な始まりでも。

そう考える自分が、真芝に対して複雑ながらも情を傾け始めているのは、もうわかっていた。

一体なぜこんなことになったものだかとひとりごちる秦野の顔には、苦い笑みが浮かんでいる。

安らぐことを知らない孤独さをぶつけるように、何度も何度も抱かれてきた。あの男はその激しさこそが、全身で寂しさを訴えているのだとは気づいていないのだろう。

根元まで灰になった煙草に指が焦げそうになって、灰皿でもみ消しながら声にならないような小さな呟きを漏らす。

「結生子《ゆうこ》さん、怒るかなあ……」

世界で一番大事だった女性の名を、口にしたのは久しぶりだった。

家族になろうと言ってくれて、世界一嬉しい贈り物をくれて、その宝ごと、秦野の前から消えてしまったきれいな彼女を思い出せば、まだきしきしと胸は痛む。

思い出すことが苦しくて、記憶にまつわるものはすべて捨ててしまったけれど、胸の中に残る面影は、いつまでも褪《あ》せることがない。

それでも彼女ならばきっと、「ゆきさんらしいね」と笑うような気がした。

結生子にしろ真芝にしろ、寂しい目をした人間にどうしても惹《ひ》かれるのだと秦野は思った。

誰かを欲して満たされない、そんな哀しさを抱えている彼らは、切なくて愛《いと》おしく思えてならなかった。

隙間を埋める存在になれれば、それで救われた気分になれた。

「だってさあ……」

なんのことはない、秦野自身が寂しいからだ。誰かを慰める存在であることに、自分が必要とされている気がするからだ。

それが例え捌《は》け口《ぐち》のような存在であっても。

「ひとりは、いやだよ、なあ……」

こんな自分が一番いやらしいと、秦野は自嘲する。

寂しくて寂しくて、ひとりきりの切ない夜がつらいから。

知っているのは素性と名前とカラダだけの年下の男を、もう少しだけ知ってみたい。

そして、他人を引き裂いてもおさまらない激情を彼にもたらした恋人は、一体どれほどに魅力的であったのかと想像してみる。

その瞬間やるせなく痛んだ胸の深いところには、真芝という棘が確かに刺さっている。

けれどそれが、哀れみ以外の形をなそうとしていることまでは、秦野はまだ認めることは出来なかった。

情けなく歪んだ目元を覆うと、ちりっとした痛みを指先に感じる。それは真芝の背中を抱いたときの感覚と似ていて、思うよりも深みにはまっている自分を、ひっそりと秦野は自覚した。

＊　＊　＊

企画室からの内線電話を苛立ち混じりの声で切り上げ、真芝は深く吐息した。

「あの……お茶、です」

不機嫌そうな姿に怯えたように、今年入社したばかりの女子社員がそろりとカップを置いていく。

気のない礼を口にして一口含んでは、渋みしか感じられないそれに辟易《へきえき》した。

おそらく電気ポットでカンカンに沸いた湯を、そのまま茶葉の上に落としたのだろう。香りも味もあったものではない、舌にざらつく色つきのお湯を啜りながら眉を顰めていると、最も声をかけられたくない相手からの言葉が頭上から降ってくる。

「なんだよ、かりかりして。荏田《えだ》くん、びびってるじゃないか」

井川悠紀夫《いかわゆきお》の声は深くやわらかく、一度それを耳にしたものは全員が美声だと感嘆の声を漏らすだろう。

しかし、今の真芝にとってはガラスをひっかいた以上の不快音にしか聞こえてこない。

「なんの用だ、井川課長」

今年度昇格したばかりの肩書きに嫌みを込めても、井川は気にしたふうでもなかった。

「――また納期で揉《も》めたんだな、その顔は」

お前も苦労するね、と笑ってみせる横顔を憮然《ぶぜん》とした表情のまま睨み付ける。

お前みたいに要領がよくないもんでなと、喉元までこみ上げた言葉をまずい茶を啜って飲み込んだ。あからさますぎて当てつけにもならない台詞など、言うだけ無駄なことだ。

「用がないならあっちに行ってくれ、今から商談のまとめ直しだ」

吐息混じりの低い声で告げると、堪えたようすもなく微笑んでさえ見せる。

「おっかないなあ」

モデルめいて美しいが情のないそれに、真芝の気鬱《きうつ》は一層深くなった。ただでさえ無理にねじ込まれた商材の納期を企画開発部に突っぱねられ、それをどう相手に飲ませるか頭が痛いというのに。

手元にある外線電話で短縮の七番。長年の取引先であるそこの担当は傲慢な男で、納得させるまで頭を下げなければならないだろう。

「恐れ入ります、Sの真芝でございます。……ああ、先日はどうも」

回線が繋がるや、快活な声音でお決まりの口上を述べる真芝に、井川は読めない視線を流して寄越す。

西日の強いオフィスは、きつい空調のせいで季節のうつろいをあまり感じられない。その無機質な雰囲気に、目の前の男は実によく似合っていた。

長い手足に纏った上質なスーツは、左薬指につけたリングを差し引いても井川のルックスを引き立てる演出効果を持っている。少し前には胸を騒がせたその姿も、今では単なる異物にしか映らない。

（課が違うだろ、暇ならあっちで茶でも飲んでろ）

剣呑な視線で顎《あご》をしゃくると、やれやれ、といった具合に首を傾《かし》げて、井川はようやく目の前から消えた。

「はい、申し訳ございませんが、やはり難しいかと――早急に手配は致しますので、はい」

見なければいいのに、視界の端に派手な容姿の井川はどうしても引っかかり、女子社員をからかう姿に苛ついては、電話口の声にそれを気取られぬように苦労する真芝は、必要以上に疲れていた。

（どういう神経してやがる）

話をどうにか丸く収め、フックを指で押さえた瞬間に苦く重いため息が口をついてしまう。

生まれ持った優美で華やかな容姿と、それが人にもたらす効果を嫌というほど知り抜いた井川という男は、処世術と要領のよさをも身につけている。

真芝と同期という若さで、このS商事の花形、統轄本部事業部営業一課課長という肩書きを手に入れたのも、その能力よりも世渡りのうまさの方が先に立つ感は否めない。

一部上場企業総合商社S商事は創業以来の親族会社で、会長以下親族一党の権力がのさばる、やや古い体質を持っている。

有名大学を出たところで、その一派の傘下に入りおもねる以外に上に行くことは出来ない。もしくは、上層部が無視できないほどの実力を見せつけるしかないのだが、派閥を逸《そ》れればその道を行くこともなかなか難しい。

望んで入った会社ではあるが、いやな慣習が改まらないことを真芝は憎々しく思っていた。

無論、実力を武器に叩き上げでのし上がったもののもいないわけではない。真芝の属する営業四課の部長、鎌田《かまた》などはその典型だ。出身も国公立以外で、困難でもどこの派閥にも属さず、そこまでのポストについた彼のことを、その穏やかな人となりも含めて真芝は尊敬し、目標にもしている。

入社後の新人教育に当たったのが鎌田であったことの影響も大きいかも知れない。その軌跡をなぞらうようにして、黙々と自らの努力だけでどうにか主任の地位まではこぎつけた真芝のことを、彼も気にかけてくれてはいるようだった。

もともと企画開発部からの引き抜きで営業に配属された鎌田も、口の上手い方ではない。整ってはいるがあまり喜怒哀楽を顕《あら》わにしないキャラクターは真芝と似通う部分もあり、個人的にさほど親しいわけではないが良き理解者でもある。

研修期間後の配属先が鎌田の元につけられたのも、思いこみでなく彼の根回しがあってのことだろう。

しかし、同じように鎌田のレクチャーを受けたはずの、大学からの旧知であった井川は、的確だが厳しい彼の指導を嫌い、鎌田の下につくことを拒んだ。

そして希望通り本部に配属され、あっさりと楽な道を選んだ。

専務取締役の縁戚にあたる女子社員と、この春に籍を入れた彼には、この会社で登りつめるための最短コースが用意されたも同じだ。相当の失態をやらかさない限りは、それはもう揺らぐことはない。

たとえそれが己の本来の性癖や、大学から足かけ七年もの付き合いのあった恋人を裏切る結果になったとしても、有名企業での高いポストは魅力的だったのだろう。

(俺には出来ない芸当だ)

自嘲ともつかない言葉を胸の奥で嚙みしめる。

てんから女が駄目な真芝とは違い、井川はどちらもいける口ではあった。単純に快楽主義なのだろう。付き合っている間中浮気も絶えず、それでも気ままな奔放ささえ愛しかったのだけれども。

きっちりとした別れの言葉さえ告げられず、一方的に送られた結婚式の招待状が真芝に知らしめたのは、長い付き合いの恋人が、思っていたよりもかなり底の浅い、利己主義な人物であったのだという情けない事実だった。

あげく友人代表のスピーチまでやらされた真芝も、業腹《ごうはら》な内心とは反対に、にこやかにジョークまで交えたパーフェクトなそれをやってのけたのだから、なかなかに自虐的なものがある。

裏切りより、価値観や人生観の違い、どうあっても埋められない認められないそれに気づいてしまったことが、なによりもショックだったのかもしれない。

「主任、営業報告です。回覧お願いします」

「はいはい……」

ネイルカラーの施された指にクリップボードを差し出され、気のない返事をしながら受け取る。やや素っ気ない態度ではあるが、セクハラ発言の多い上司に辟易している女子社員からは真芝の人気は意外に高い。

女性に対して嫌悪感があるわけでもないから、必要以上に構えることもないせいだろう。単純に、異性にセンシュアルな興味が湧かないのだ。

「なんだこの落ち込みは……」

前年比の計上された報告書を捲《めく》りながら、年々不況は酷くなるなと頭を抱える。普段外回りが多いせいで溜《た》まった書類の束の厚さに、うんざりしながら確認の印を押していく。

イライラとする気分に耐えかね取り出した煙草も、悪習慣とわかっていながらやめられない。

「真芝さん……」

火をつけかけたところで、控えめな声がそっと壁にあるポスターを指さしてみせる。先ほどまずい茶を淹《い》れてよこした女子社員の指の先には、『部内禁煙』と書かれている。

「――失礼」

吐息して立ち上がり、同じフロアの端にある喫煙所へと歩き出す。

欧米に倣って押し寄せる嫌煙ブームに、先月ついに社内一斉で喫煙禁止が言い渡されたのだが、ヘビースモーカーの真芝にはかなりつらいものがある。いちいち喫煙室に行くのも面倒だしと、禁煙を試みたものの、三日と持たぬまま諦めた。

はめ殺しのガラス窓から容赦ない夏の日差しが照りつける、廊下の突き当たりの一角。自販機横の小さなコーナーに据え付けの灰皿がある。古びたビニールレザーの長椅子に腰掛け、侘《わ》びしいものだと思いながらようやく愛飲の煙草に火をつけた。

同じくやめられない悪習慣を強いる相手のことをうっかり思い出し、吸い付けたピースライトの煙のせいでなく、苦い唇を噛みしめた。

名前の響きが井川と同じという、ただそれだけの理由で理不尽な関係に巻き込んだ秦野とは、真芝自身も正直ここまでずるずるいくとは思っていなかった。

近頃、自分は存外意志の弱い男だと真芝が思い知ったのは、半年前、井川の結婚式の夜に端を発する。

あの日の自分はまったくどうかしていたと、強い煙草のせいでなく、記憶をなぞるたび軋む肺に真芝は小さく咳《せ》き込んだ。

＊　＊　＊

井川の披露宴の後、作り笑顔に限界を感じて適当な言い訳で抜け出した真芝は、馴染みの多い新宿に繰り出し、やけ酒を呷った。

夜の街に生きるやさしい友達たちは口々に真芝を慰め、痛飲を諫《いさ》めたけれど、そのひとつとして真芝のささくれた心に届いたものはなかった。

飲んでも飲んでも乾いていて、酔えないままに荒れる姿を見かねた一人が送ると言い出すのを結局断り、酔い冷ましをするからと適当に歩きだした。

それがどこをどう歩いたのか定かでないまま、気づけば歌舞伎町のネオン街に脚を踏み入れていた。同じ新宿の歓楽街でも二丁目とはどこかしら趣の違う空間には、普段の真芝はあまり脚を踏み入れることはない。

目に痛い下品な明かりと、享楽的な雰囲気のすべてが呪《のろ》わしい。それ以上に、恥も知らずに真っ白なタキシードのまま囁きかけてきた井川の言葉が、真芝を不快にさせていた。

——お前はわかってくれると思ってたよ。

お色直しのための控え室、手持ち無沙汰《ぶさた》な花婿は、まるで何事もなかったかのような衒《てら》いない笑みを向けて、薬指のプラチナを光らせながら真芝の髪に触れた。

——遊びは必要さ、そうだろう？　これからだって、上手くやろうと思えば出来る。なにも変わるわけじゃないさ。

本気でそう告げる井川のことを、自分はなにもわかっていなかったのだと痛感した一瞬だった。

享楽的でセックスの上手い、浮気性の恋人が、それでも帰ってくるのは自分のところだと信じていたから許してきた。そして、たとえ他の人間に目移りしても、それで詫びるなり清算するなりして、すっぱりと自分と別れてくれるなら、痛みを覚えながらも諦めただろう。

その最低限の礼儀さえも、井川は真芝に払おうとはしなかった。どころか、おそらくは何人かいる愛人のうちのひとりに加えて「やろう」としたのだ。

見た目や物腰に誤魔化されていただけの、薄っぺらい関係。そんなものに何年も縛られて来たのかと思うと、いっそ滑稽《こっけい》な気がしてくる。

愛情だと思っていたものも、思い出もプライドも、すべてをうち砕かれて眩暈《めまい》を覚えた。

足下がふらついて、いっそ笑ってしまいそうだと思った、その瞬間に、細い肩がぶつかって。

情けなく倒れた真芝は、その惨めさのままに動くことも出来ずにいた。もうこのまま消えてしまいたいと思った。何に腹が立っているのか、何が悔しいのか——哀しいのか、わからなくなっていた、それなのに。

「すみません、大丈夫ですか？」

驚きを含んだやさしい声と、細い白い指は、唐突に目の前に差し出された。

穏やかそうで人の良い、困ったような表情。ぱっとしない男だな、とそんな傲慢な第一印象を覚えながら肩を貸されて、放っておいてくれよと言いたくなった。ご丁寧に引き出物まで拾って差し出され、こんなものをなんで今までぶら下げて歩いていたものだかと自分に呆れながら、不愉快な苛立ちは募り始める。

なにもかもが鬱陶《うっとう》しい。裏切った井川も、呑気な顔で親切ごかしに話しかけてくる男も、情けない自分自身も。

すべて滅茶苦茶に壊してしまったらいっそ、すっきりするだろうか。俯《うつむ》けたままの表情をなくした瞳には、灰色に歪んだ世界しか映ることはない。

警鐘が頭の奥で鳴り響いていた。馬鹿な真似はするなと告げるようなそれはしかし、遠くに聞こえた呼びかけの声にかき消され、暗闇に沈む。

「ユキオ——おい、どうしたよ」

偶然の一致は、真芝の中で澱《よど》んだ感情を膨れさせ、笑いを堪えるために力んだ肩先を、ほんの少しだけ震わせた。

ふられたのだと打ち明け同情を誘えば、あっさりと秦野は乗ってきた。

意気投合したふりをして、既に結構出来上がっていた秦野を酔い潰すのは簡単だった。

飲み屋のカウンターで酔ったふりを装い肩や太股《ふともも》にわざと触れてみても、一向に不穏な気配に気づくことのない秦野が、男に対してそうした感覚を持ち得ない人種だというのはすぐにわかった。むしろ鈍いと言ってもよかった。股間《こかん》すれすれに指を這わせたところでわからないほどに泥酔していたのかもしれなかったが、それはそれで好都合だったのだ。

世間話のついでに、秦野の職業や、現在一人暮らしであることなど、見た目ではまったくわからなかったが真芝よりも五つも年上であることなどを知ったが、その殆《ほとん》どは右から左へ流れていった。

「保育士って言うんだよね、今は、正式にはね」

「じゃ、幼稚園の先生？」

相づちを打ちながら真芝が観察していたのは、少し野暮な衣服に包まれた秦野の身体のラインだった。

「ああ、違うよ、俺は保育園のほう」

「幼稚園と保育園ってどう違うんですか？」

寒がりなのか結構着込んでいて、プロポーションは一瞥したところではわからなかったが、指や首回りがこれだけ細いということはおそらく全体の骨格も華奢《きゃしゃ》なのだろう。

「えーと、幼稚園ってのは文部省の定める教育機関、つまり扱いが「学校」と一緒でね」

あまり貧弱すぎるのも興ざめだが、まあ贅沢《ぜいたく》は言うまい。一重瞼《ひとえ》の瞳は大きく、井川と比べるべくもない地味さだったが、まあ悪くはない。

「対して保育園は、厚生省管轄で、日々の保育に欠ける児童を保育する機関——つまり、親御さんとかがなにかの事情で子供を育てられない場合に預かるところなんだよね」

匂いのきつい、安い酒を喉に流し込みながら、気の緩んだ顔でにこやかに話しかける男を裸にしたところを想像する。

「資格とかいるんですか？」

「幼稚園の方は教諭免許が必要かな。保育園も保育士資格ってのがあるけど、俺は持ってなくて、今んとこ勉強かねて知り合いのところに勤めさせて貰ってる」

まず間違いなくバックは処女のままだろうから、ろくな反応は期待できないだろう。小さな尻に無理矢理ねじ込んだら、千切れそうなくらい締め付けて来るかも知れない。

「昔はサラリーマンだったんだけどね、やめて転職したんだ。出遅れてるし、年も年だから飲み込み悪くてね——」

呑気な顔をする秦野の、おとなしやかな顔立ちを歪めさせて、泣かせてみせたら、どんな気分だろうと思いを巡らせると、スーツの中で自分のそれが硬く強ばったのがわかった。

「実務経験が三年以上ないと資格も取れないし、まあ、見習いってとこかな」

子供好きだしねと、影のない表情で言ってのける秦野には、何の咎《とが》もないことはわかっているけれど。

幸生という名は、幸せに生きると書くんだよと、少し呂律の回らなくなった声でお幸せに笑って見せたから、壊してやりたくなったのだ。

この薄暗い、獣じみた欲求を、どんな手を使っても満たしてやる。

真芝は不穏な考えをおくびにも出さず笑って見せながら、興味のかけらもない話を面白そうに聞いてみせた。

どこまでも残酷になれるだろう自分と、なにも気づかない秦野の鈍感さ、その両方に、例えようもない嫌悪感を抱きながら。


人の良い秦野につけ込み、泊めてやると言うのをいいことに家に上がり込んで、親切にも布団の用意までしてくれようという善意を踏みにじるように、後ろからのし掛かって押し倒した。

衝撃に一瞬気を失った秦野の衣服を引きちぎるようにむしりとり、暴れる彼を押さえつける間、良心の呵責などひとつも覚えることはなかった。

ただ、想像以上に整ったラインの身体や、年齢に見合わないハリのある肌に下卑た欲情がこみ上げて、ろくな用意もないまま、抗うことに疲れた身体を引き裂いた。

自分でももう訳が分からなかった。なにをしているのだかと、どこかで真芝を嘲る声が聞こえたけれど、無理な交合に傷ついた身体を抉るように腰を使った。

ヘテロではないが変態趣味もないと思っていた自分にとっては、ある種アイデンティティを覆すほどの出来事だった。あんな残虐さが自分の中にあるということなど、正直知りたくはなかった。

それほどに遠慮会釈のない行為だった。

傷つけながら味わった秦野の中は暖かかった。血に潤み、抽挿が滑《なめ》らかになってからはなおのこと、陶酔に近い感覚を真芝に与え続けた。

ただでさえ受け入れるセックスが初めての秦野には相当につらかったに違いない。ぐったりと意識を失った後、幾度か引きつけを起こしては吐いていた。内臓にもダメージはいっただろう。当たり前だ、もともとそういう行為に使う場所ではない。

そんな初歩的なことも知らないわけでもないのにと、行為を終えて少しばかり冷静になった真芝は臍《ほぞ》を噛んだ。痛めつけた相手を思いやってのことでなく、スマートではない自分のやり方が嫌だったのだ。

(——可哀想に)

傷つけ、汚した細い身体を眺めながら胸の裡で呟き、真芝は笑いがこみ上げてきた。子供が好きで、穏やかでやさしい、見ず知らずの男の失恋話に心を砕くような好人物。可哀想に、こんな酷い目にあって。差し出した好意を踏みにじられて。吐瀉物《としゃぶつ》や体液で汚れたところだけは、匂いに辟易して始末した。それも真芝のせいであるのに、罪悪感や後悔といったものはまったく湧いてこなかった。

(可哀想に、あなたこれからも、俺に傷つけられるんだ)

堕《お》ちてしまったなと、やけに冷静にそう思った。こうなったらとことん外道になってやろうと、そう思った。

そうすれば、井川の気持ちが分かるような気がした。

目を覚ました秦野はどんな顔をするだろうか。怯えるだろうか。怒るだろうか。真芝を罵り、泣いたりするだろうか。

ろくでもない想像は疲弊した神経になぜか快かった。人を貶《おとし》めることは存外に気分がいいものだなどと、そんなふうに考えて。

自分と同じ惨めさを味わえばいいと思う心の裏側にあるほんの少し示されただけのやさしさに縋ろうとしている自分の姿は、見ない振りでやり過ごした。

「ごめんね、秦野さん」

皮肉のつもりで呟いた言葉は心許なく、誰にも聞かれないまま消えていく。

気を失った秦野の前で一晩、落ちくぼんだ双眸《そうぼう》をぎらつかせた真芝はまんじりとも出来ずにいた。

＊　＊　＊

一種異様なあの興奮は、一体なんだったのだろうか。

真芝自身のなけなしの名誉にかけて言えば、かつてあんなにも暴力的な方法でセックスを遂行したことなどなかった。

砕け散った心の奥で悲鳴をあげるなにかの存在を、押しつぶすように捨て去った狂乱の夜が明けて、しかし真芝はひとつの計算違いにすぐに気がついた。

秦野は、真芝が思うよりもずっと逞しかった。

線の細い容貌《ようぼう》や、華奢な身体つきからは想像もつかないほど肝が太く、真芝が拍子抜けするほどあっさりと状況を受け入れて見せたのだ。

セックスに難を示して見せたのも最初の数回だけで、身体が慣れるにつれ、それもあまり拒まなくなっていった。元からそちらの嗜好があったわけではないことは、雰囲気でわかるだけに、その順応の早さに却って面食らう。

淡々とした態度で来訪を受け入れる秦野のことが、会う度に抱く度にわからなくなっていく。

実際には脅しの効力などないも同じだ。真芝の素性は最初の晩に渡した名刺で自らばらしているし、そうなれば分が悪いのはむしろ真芝の方だ。

後は感情の問題でしかなく、それこそが一番不可解なのだ。

憎まれてしかるべきなのに、そう仕向けたはずなのに、奇妙に馴れあった雰囲気が出来上がりつつある関係に、真芝が一番戸惑っているのだ。

「なに考えてんだ……あいつは」

呟いて、はたと気がつく。こうして暇さえあれば秦野のことを考えている自分に、銜《くわ》え煙草のまま真芝は苦く表情を歪めた。

イライラが治まらないのも相変わらずだが、それは井川と接する折りに感じる不快感とは微妙に色合いが違う気もする。

深く突きつめるのは危険な気がして、極力頭から追い出そうとするけれど、数日を置かずにまた秦野のマンションに出向いては、読めない態度を不可解に思いながら細い身体を腕の中に封じ込めているのだ。

自分の好みに仕立てあげた秦野とのセックスは良い。それは素直に認める。細すぎる肢体ははじめのうちこそ物足りなさを覚えもしたが、やわらかく薄い皮膚や追いつめられたあげくの痴態は、ひどくそそるものがある。

感じすぎてしゃくり上げながらこの肩に縋り付かれたりすると、どこまでもやさしくしてやりたくなる。その度に自分が秦野に強いている状況を思い出し、苦々しい気持ちで拳《こぶし》を握りしめるのだ。

「ばかばかしい……」

捨てたはずの痛みや情といったものが、まだ燻《くすぶ》っている。それを思い出させるから、秦野と過ごす時間は苦痛でもある。

もうやめればいい、それはわかっているのに、なぜかずるずると言い出せないまま、半年も経ってしまった。胸の奥に溜まった澱《おり》のようなものは、ますますわだかまるばかりだ。所詮《しょせん》は悪党にもなれない自分の卑小さを思い知ると、笑いがこみ上げてくる。厄介な物思いばかりが増えていく。

それでも、秦野と切れる気にならない自分のことが、一番わからなかった。

時計を見ると、思うよりも時間が過ぎていた。今日中に片づけなければならない書類の整理を思い出し、気鬱はますます激しくなる。

「……戻るか」

このところ癖になった重いため息を零し、中程まで灰になった煙草を押しつぶして、真芝は立ち上がろうとした。

しかし、足下の視界に入り込んだ革靴に退路は阻まれた。

「こんなところで油売っていいの？」

頭上から降る声に不愉快さがこみ上げて、目線はあげないままゆっくりと立ち上がる。

無視を決め込んだ真芝に、缶コーヒーを買いながら井川は悪びれるようすもなく話しかけてきた。

「待てよ、そんなに怖い顔することないだろう」

コーヒーを差し出され、一瞥しただけで受け取りもせず去ろうとする真芝の腕を井川は捕らえる。

「なんの用だ」

やんわりと摑《つか》まれた二の腕から悪寒が走り、振りほどきながら真芝は凍るような声で一言だけを返した。

「今期の業績如何《いかん》で、大幅な人事異動があるらしい、知ってるか？」

きつく払われた自分の腕を驚いたように眺め、一瞬不快そうに眉を顰めた井川は、しかしすぐに甘い微笑を浮かべてみせた。

己の容姿や雰囲気、その魅力を知り尽くした男の笑みは確かに美しかったけれど、改めて間近に見ればひどく演技がかったものだと真芝は知る。

「リストラか。それがどうした？」

意識していたのが馬鹿馬鹿しいほどだ。そう悟った真芝は、真っ直ぐな視線で井川と相対する。しかしその表情にはなんの気負いもなく、それだけに冷たいものが滲んでいた。

強い視線を受け、井川は今度ははっきりと、不興げに唇を歪めた。男も女も自分にかしづくと信じて疑わない傲慢さが、嫌らしく歪んだ顔立ちに表れていて、真芝はうんざりする。

「なんだか変わったな、貴朗」

お前に言われる筋合いはないと思ったが、口にするのも馬鹿馬鹿しかった。親しげに名を呼ばれるだけでもうんざりする。

「世間話につきあう暇はないんだが」

冷め切った声で先を促すと、つくろうような微笑が崩れ落ちた。

「そんな言い方って……」

切なそうに眉を寄せた井川の声音が僅かに震えている。しかしこれも、ことを自分に有利に持っていくための演出だと真芝は知っていた。

「そんなもどんなもないだろう。話はなんだ」

吐き捨てるように告げると、井川は唇を尖らせながら上目に睨んでくる。

(馬鹿かこいつは)

拗《す》ねたふりで気が引けるのは、自分に好意を寄せるものにだけ有効だということを知らないのだろうか。いっそ呆れてしまって、真芝はまたため息を零す。

気持ちが揺らぐのが嫌で、目線さえあわせないようにしてきた自分が滑稽に思えるほど、現在の井川は真芝に対してなんの影響も及ぼさなかった。

こんな男に振り回され、過去の恋愛に傷ついていた自分こそが最もばかばかしい。その為に、秦野とわけのわからない泥沼にはまりこむ羽目になったのだと思うと頭が痛い。

頭ひとつほど高い位置からじろりと睨み下ろすと、井川は臆したように顎を引いた。真芝からこんなふうに見下したような視線を受けたことのなかったかつての恋人は、その鋭さに含まれた敵意に驚いているようだった。

自分が一体なにをしたのか、井川にはまったく自覚がなかったのだろう。いつまでも、甘かった頃の思い出を引きずって、真芝を振り回した頃の気分でいるに違いない。

「リストラは確かにあるんだけど、人員削減だけじゃなくて、異動の方が主らしいんだ」

再三の促しに、自分から話を振った割には渋々と井川は口を開いた。

「四課の業績が最近めざましいとかで、何人かが本部異動の候補に挙がってる」

ニュースソースは妻の父親あたりだろうか。井川の立場をしても詳しすぎる情報の出所を察しても、これといった感慨は湧かなかった。

そして、わざわざこんな奥まった処にまで出向いて話をふってきた井川の真意が読めた真芝は、いっそ笑いがこみ上げてくる。

「だったらどうしたって言うんだ」

同じ部署に真芝が来れば、ライバルとなるのは必至だ。おまけに、ってやコネを上手く使ってのし上がってはいるものの、実務の面に置いての井川は、決して真芝の敵ではない。

今のうちに情に訴えて、取り込んでおこうというのだろう。底が浅すぎて情けなくなる。

噂《うわさ》で聞こえてきたことだが、人当たりや要領はいいものの、取りこぼしの多い井川は同じ部署での評判はあまり芳《かんば》しくなかった。気分にムラが多いことも、女子社員の口から悪評判として知れ渡っている。

はじめに配属された部署で、コンビを組んで仕事をしていた時代には、そうした細かいミスやなにかを、真芝は黙ってフォローしてやっていた。結果として目に見える成績はむしろ、井川の方が優秀だった。見合いの話がそちらに持ち込まれたのも、その表面上の評価ではかられたものだったのだろう。

鎌田が自分と井川を引き離したのも、そのあたりに要因があったのかもしれない。

仲良しこよしもいいが、馴れあい過ぎるなと釘を刺された時には、真芝にはその自覚がなく、反感を覚えたものだった。

だが、今となれば上司の判断は正しかったと思える。

「いや、だから、同僚になるわけだろう？　またお前と仕事が出来るのは嬉しいと……」

「なに言ってるんだ？」

憶測に違《たが》わず、しゃあしゃあとそんな台詞を言ってのけた井川の語尾まで聞いてはやらず、真芝は呆れたような一瞥を投げた。

「決定でもないのに、今からそんなこと言っても意味がないだろう」

新しい煙草に火をつけると、馴染んだ苦みが肺に染みていく。軽い酩酊感を味わいながら、乾いた声で真芝はきっぱりと言った。

「もしそれが本当で、俺が本部に異動したとしても、お前のフォローを請け負うつもりはないよ」

いっそ全力で蹴落《けお》とし、叩《たた》きつぶしてやる。

声にはならなかった言葉を察したのか、井川はその整った顔立ちから血の気をなくしていく。誰よりも近い位置にいて、甘い汁を吸った分だけ、真芝の優秀さと手厳しさは身に染みているだろう。

「な……んで、そんな冷たいこと言うんだよ……」

人に拒絶されることに慣れない井川は、甘ったれた声で訴えた。

「誰も、そんな……俺はただ、昔みたいに」

「なれるわけねえだろ、なに考えてんだお前」

潤んだ瞳に見上げられ、胸苦しさを覚える。それは秦野に対する曖昧《あいまい》な痛みとは明らかに異なるものだと、はっきりと真芝は知った。

性懲りもなく身体をすり寄せるような仕草を見せる井川にむしろぞっとして、侮蔑《ぶべつ》を込めて睨み付けた。

「嫁さん貰ったんだろ、ちょっとは行動を慎んだ方がいいんじゃないのか」

しかしその言葉を、井川はおそろしく都合のいいように受け止めたようだった。

「——なんだ、お前」

傷ついたような表情から、一転して蠱惑《こわく》を含む微笑に塗り替えられるその変わり身の早さに、真芝は驚いた。

「妬《や》いてるのか……？」

井川がなにを言っているのか、しばらくわからなかった。

呆然とする間に、いつの間にか壁際に押しつけられた背中が悪寒にざわついている。

「半年も離れたことなかったじゃないか……連絡、待ってたんだぜ？」

なんだこれは。

脚の間に蠢いている虫のようなものの正体が分からず、真芝は胸中でもう一度呟いた。

生暖かく唇に触れてくる、この恥知らずな、気色の悪い物体は、いったいなんだ。

「なあ、俺のこと嫌いになったわけじゃないよな……？」

「——っやめろ！」

股間へと這い上がってきたそれには、プラチナのリングがはまっていた。吐き気を覚えるほどに悪寒が募り、しなだれかかる身体を突き飛ばすと、重ねられた感触の去らない唇を手の甲で拭った。

拒絶されるとは思わなかったのか、呆然と井川はそんな真芝を眺めている。

肩で息をして、真芝は言った。

「俺と、お前は、もう終わったんだ」

「たか……」

「それがなぜなのか、いい加減お前も自覚しろ」

唸《うな》るような声に、井川は息を飲む。そして、見ているだけで不愉快さの募るような表情を浮かべ、下卑た台詞を吐き捨てた。

「新しいオトコでも出来たのかよ」

なぜそんな話になる、と真芝は頭を抱える。

「俺がいないのに、なんで貴朗はそんなに落ち着いてるんだよ⁉」

「――どういう理屈だ」

話にもならないともう一度きびすを返すと、背中にぶつけられる声は醜く歪んでいた。

「恥かかせやがって……許さないからな！」

言葉を交わすことさえもはや苦痛だったが、振り返った真芝はとどめを刺すように言い放つ。

「そこまで恥知らずで、今更なんの恥だ」

どす黒い怒りの色に染まってゆく顔色を眺めながら、終わったんだよと真芝は言った。

「抱いてほしけりゃ、もう少し肉落とせよ。……ああ、幸せ太りか？」

体質で太りやすく、それを気にしているからこその体型維持を欠かさない井川にとって一番侮辱的な台詞を、冷たい揶揄をまじえて投げつける。

実際に、華奢な秦野を抱き慣れた腕には井川の身体は持て余すように感じられた。その分、本音も多分に含まれていたことを、井川はかぎ取ったのだろう。

「——ッ！」

飛来物を避けると、ガン、という音を立ててそれは壁にぶつかった。中身の入ったままの缶コーヒーを本気で投げつけたあたり、相当なご立腹と言うわけだろう。

「安心しろ、頼まれたってやらないよ。……手一杯だからな」

酷薄に笑って、今度こそ真芝は振り返らなかった。

「ちくしょう……っ」

背後では濁った声の罵りが続いていたけれど、氷のように冷えた胸にはなにひとつ届きはしなかった。

席に戻ると、どっと疲れが押し寄せてくる。休憩に行って疲れるとはなと自嘲しつつ、どこかしら肩の荷が下りたような複雑な気分を味わっていた。

あんな男に、もう未練の欠片《かけら》もあったものではない。同じ会社にいる以上消えてくれと願っても虚しいので、いっそ意識の中から締めだしてしまえばいいのだろう。

そう考えて、自分の浅はかさに苦いものを覚えた。

こんなふうに井川と、半年前に終われていたならば、秦野を巻き込むこともなかった。

今からでも実際遅くはないのだ。真芝を揺らがせていた原因を、排斥すると決めてしまった以上、秦野で「憂さ晴らし」をする必要などどこにもない。

（俺が一言、やめるって言えば、それで終わることなのに——）

しかしそれを、おそらく自分は口にはしないだろうと真芝は思った。

そしてまた、正体の掴めない苛立ちのようなものが自身を支配し始めるのを不思議に思いながら、餓《う》えにも似た情動がこみ上げてくるのを自覚する。

今の真芝にわかっているのは、この渇きは、すぐにでも秦野を抱くことでしか消え去らないという事実だけだった。

＊　＊　＊

「あいてっ」

慣れない針仕事に苦闘したあげく、指を刺したのはこれで何度目かと思う。ぷくりと盛り上がった血を舐《な》め取って、秦野は本日三つ目の絆創膏《ばんそうこう》を指に巻いた。

夏休み前のお遊戯会の衣装作りは難航して、ただでさえ人手の足りない職場では、こうした作業に男も女も得意不得意もないと、ひとり頭のノルマが課せられている。

昼の間には子供の相手に追われているため、持ち帰りの仕事ばかりが増えていく。

「力仕事は遠慮なく回してくるのになー……俺には生理休暇も産休もないのに……」

ざくざくと汚い縫い目を進めながら、思わず零してしまうのは致し方あるまい。

「出来上がりに文句言われても俺はしらんぞ……」

はあ、とため息して、強ばった肩を軽く上下させる。

このところ疲れがひどい。年齢のせいかもしれなかったが、もう一つにはあからさまに体力を消耗するコトに付き合わされているという、身も蓋《ふた》もない理由がある。

真芝が通ってくる頻度はさして変わりはないのだが、慣れにしたがってその一晩に施される時間と回数が多くなっているのが実際だ。

「あいつも元気だよなあ……」

自分のサラリーマン時代を振り返って、ぼんやりと秦野は呟いた。ろくな会話などないけれど、言葉の端々から彼が優秀な営業マンであることは知れたし、激務をこなしながらよくもまあ、あれだけ激しいセックスが出来るものだと苦笑する。

「……明日か」

カレンダーを見やり、先日彼が告げた約束の日を確認する。ついで時計を眺め、そろそろ日付も変わろうかという時刻だと気づいた。

それこそ「激務」に備えて今日はもう寝ようかと腰を上げたとき、インターフォンが鳴った。

「こんな時間に……？」

訝りながら玄関へ向かい、魚眼レンズを覗き込んだ秦野は驚いた。

（一日間違えてないか？）

目を瞬いて呆《ほう》けていると、再びインターフォンが鳴らされる。この時間には電子音のそれさえも近所迷惑になりかねないと、慌ててチェーンを外し、ドアを開けた。

「どうしたんだよ、急に……」

「——邪魔する」

問いには答えないまま、長身の男は身をかがめるようにして入り込んでくる。夏の夜気とともに、火照りを帯びた男の体温が肌近くをかすめて、秦野はどきりとする。

勝手知ったる、といった風情でリビングにたたずみネクタイを緩めた真芝は、散乱する布地や裁縫道具に目を丸くしていた。

「なんだ、これ」

「お遊戯会の衣装作りだよ。俺のノルマ」

なるべく普通の声で答えたつもりではあったが、妙に浮ついた気分になる自分を秦野は否めなかった。

「ああ、……仕事か」

胸を騒がせたのは、既に嗅《か》ぎ慣れたものになった真芝の体臭だった。コロンと煙草の匂いの入り混じるそれは、否応なく乱れた時間を連想させる。それ以外の接触がないだけに、真芝はそこに存在するだけで秦野にセックスをイメージさせるのだ。

真芝に会うときにはだから、なるべく自分の生活に関わるものを見せないようにしていた。ただでさえ、二人の関係はこの部屋の中で終始している。真芝は意にも介していないようだけれど、真芝に抱かれるベッドで眠ることだけでも、秦野は随分といたたまれない思いをするのだ。

だからこんなふうに不意打ちに、日常の最中に侵入されると、大分慣れたと思っていた真芝の存在が異質に思えてならない。

「金曜じゃ、なかったのか？」

微妙な緊張感を真芝も嗅ぎとったようで、複雑に顔を歪めた秦野に、読めない表情を向けた。

「気が変わったんだよ」

ゆらりと広い肩が傾いで、伸べられた腕に秦野はびくりと身を引いた。

「なに、今更」

怯えを含んだ表情など、このところ見せたことはなかった。自分でも驚きながら、いつもとようすの違う真芝の不愉快そうな表情にも驚く。

彼は普段からあまり、秦野に対して砕けた空気など見せたことはなかったけれど、それにしても今夜は妙に張りつめた感じがひどい。

それは初めての日を思い出させてどうしても腰の引ける秦野を、真芝はやや強引に腕の中にさらおうとした。

「や、ちょっと……！」

待て、と言いかけた言葉は唇に飲み込まれる。侵入しようとする熱い舌を歯を食いしばって拒むと、唸るような声で真芝は言った。

「させろよ、なんだよ」

傲慢な物言いに腹を立てながらも、秦野は勘弁してくれ、と言った。

「まだ仕事、残ってるんだ、明日ならいいから……頼むよ」

「――それこそ明日にしろよっ！」

なるべく刺激しないように言ったつもりだったが、真芝は激昂《げっこう》したように怒鳴る。声量に慌て、とっさに目の前の唇を手のひらで覆った。

「怒鳴るなよ、近所迷惑だろ」

わかったから、と吐息混じりに言った秦野に、真芝のきつい目線は不興げに歪んだ。

「風呂、入って来るから……」

「そんなもんいい」

そっと離れようとした手首を捕らえられ、背中から抱きしめてくる真芝の腕をやんわりと外す。

「頼むよ……疲れてるんだ。それくらいは譲ってくれないか」

聞いては貰えないだろうと思いつつ静かな声で告げると、驚いたことに真芝はその手を引っ込める。

「時間、取らないようにするから……」

その反応を意外に思いつつ、秦野はとりあえずその場を後にした。

(なんかあったのかな)

脱衣所のドアを閉め、いつもと違う真芝をおかしいと思いつつ嘆息する。伸べられた腕を拒んで身を硬くした秦野に対し、真芝は怒ったように顔を歪ませたのだけれど——。

それがひどく、傷ついたように見えたのは気のせいだろうか。

(まさかな)

一瞬浮かんだ考えを首を振って払い、浴槽に湯を溜めるためにカランを捻《ひね》るが、いつまでたっても熱くならない。

「あれ？」

妙だな、と思った後、壁に備え付けの湯沸かし器のボタンを入れ忘れていたことに気づき、苦笑する。

突然の来訪に、自覚するよりも案外動揺しているらしいとぼやきつつ、身体を起こした秦野の耳に、ドアの開く音が聞こえた。

「なんだよ、まだ——!?」

振り向いた秦野は言葉を切らせ、息を飲んだ。

ひどく切羽詰まった表情の真芝が、睨むようにこちらを見つめている。険のある視線はやはり身体を竦ませて、怯んだように後じさった秦野は濡れたタイルに足を滑らせた。

「ひえっ——!?」

「おい！」

とっさに捕まろうとして腕を伸ばすと、鈍い痛みが肘《ひじ》に走り、襲い来るはずの衝撃に目を閉じると、背中がなにか強いものに支えられていた。

「気をつけろ、バカッ！」

頭上からは真芝の怒声と、冷たい飛沫《しぶき》が降り注いでくる。転びかけた拍子に、出しっぱなしの水をシャワーへ切り替えてしまったようだった。

ほっと息をつくと、もの凄《すご》い勢いで心臓が鼓動を刻んでいる。

「あ、ごめん、ありがと……」

転びかけた奇妙な体勢のままの秦野を支えた腕は、立ち上がった後も去って行かなかった。腰を抱いたままのそれをひどく意識して、おさまらない脈が更に早まるのを秦野は知った。

「真芝……濡れるぞ」

その間にも流れ続ける冷たいシャワーは、二人の衣服をすっかり湿らせていた。いくら夏場とは言え、心地よいものではない。

「手……離してくれないか」

水流に奪われていく体温を感じながらも、細い声でそう告げる以外、秦野は真芝の腕を解こうとはしなかった。

濡れたシャツは真芝の若い肌に貼りついたまま、健康そうな筋肉を艶《なま》めかしく浮き上がらせていた。

真芝というのはつくづくと絵になる男であると思う。光を孕《はら》む量の多いくっきりした瞳は、そこだけ見るとむしろ犬の子供のように可愛《かわい》い形をしているのに、眉の表情ひとつで獰猛《どうもう》な狼《おおかみ》の色合いに変化してしまうのだ。

この日の真芝の瞳は剣呑な色を浮かべていたが、それは秦野にはどうしても、泣き出す寸前の子供がひどい顰《しか》め面《つら》になる、一連の表情に似て見えた。

「なんでだ」

整えた髪を崩して流れ落ちる水滴のせいであるのかもしれなかったけれど、その顔から目を離しては、今はいけないような気がした。

「……どうして怒らない」

ただじっと見上げるばかりの秦野に、苛立ったような口調で真芝は言う。

「なんで俺の好きにさせるんだよ」

今更の問いかけは唐突で端的なものだった。

お前に脅されてるからだろうと混ぜ返そうとした秦野だったが、もはやそればかりでないことは、言葉にしないながらも互いで承知している。

とっくに口にしてしかるべきことを、ようやく真芝が言葉にした、それだけのことだと思った。

実際的に二人の関係が露呈した場合、ダメージが大きいのは、個人経営の保育園に勤める秦野より、むしろ真芝の方なのだ。

少し冷静に考えればすぐにわかる事実に目を瞑《つむ》っているのは何故なのかと、真芝は問うているのだった。

「なんで俺を罵らないんだ。……怒れよ」

「……シャワー、水じゃさすがに冷たいんだけど」

飄々《ひょうひょう》と言った秦野を、わからない、と真芝は呻く。

「そうじゃなくて……!!」

荒げる声は低く深い、大人の男のものであるのに、なぜだか幼い響きがあった。だだをこねる子供のようだとやはり思った秦野の唇には、ひっそりとした笑みが浮かぶ。

そして、ああそうか、と思った。

無茶を言われても無体《むたい》を強いられても、本気で怒る気になれないのは、多分はじめて見つけた真芝のことを、ひどく幼く感じていたせいだった。

「怒る気にもならないよ」

真芝の激しさに飲まれることもなく、穏やかに秦野は言った。なぜかその言葉に傷ついたような表情をする真芝を勝手だと思いながら、そっと自分より高い位置にある肩に腕を伸ばす。

「しょうがないのさ、そういうもんだ」

口に出してみてはじめて、どうしても真芝を許す自分の気持ちがなにから来るものか、腑に落ちた気がした。

大きななりの子供だと思えば、もう致し方ない。挫折《ざせつ》を知らないから傷つき方もわからない、そんな真芝を、いっそ可愛いとさえ思うのだ。子供は間違えるものなのだ。悪いこととわかっていても、はずれたたがを戻せなくなる。

大人は、そんな存在を許すためにいるのだろう。

かつて子供であった自分が許されてきた、その恥ずかしさや後悔を噛みしめながら。

「このままじゃ、風邪ひく」

ため息のようなひそやかさで、明らかに誘いを込めた言葉を囁くと、広い肩がぴくりと震えた。鼻先をすり合わせる距離で覗き込んだ真芝の顔は、濡れて崩れた前髪のせいで、普段の印象を覆すほどに幼く頼りなかった。

唇を初めて、秦野の方からそっと噛んでやる。真芝はまた震えて、くしゃりとそのきれいな瞳を歪めた。

そのさまはひどく可愛く感じられて、無意識に秦野の唇を笑みに形取らせる。

一方的に奪われるばかりの口づけしか交わしたことはなかった。真芝のそれは巧みだったけれど、気性を表すように激しく強引なキスだった。

いま秦野が色の失《う》せた唇へ施すそれは、真芝のキスとは対極にあるような、あまやかにやさしいものだった。寂しい子供を抱きしめてあやすような、やわらかい接触もあるのだと、疲れた顔を見せる暴君に、なぜか教えてやりたい気分だった。

頭上から降りかかる冷たさにいい加減辟易して、シャワーヘッドの横の壁に背の高い男を押しつけながらパネルへと指を伸ばし、湯音調節の目盛りを上げる。

程なく、温まった水は冷えた二人の肩へと落ちてきた。

「……ン」

その間にも、ゆるやかな口づけは続いていた。決して痛みを与えないまま唇をすり寄せては食み、ごく僅かに覗かせた舌先で濡れたそこをそっと撫でる。

許しあった恋人同士が交わすような静かでやさしいそれに、かすかに呻いたのは真芝の方だった。喉にこもったそれが耳から流れ込んだ瞬間、背にあたる湯水よりも秦野の体温を引き上げる。

「ツン……」

踏み込んでこない舌に焦《じ》れたように、真芝の長い腕が腰を浚《さら》って、深い角度に重なるよう顎の位置を変えられた。それでもどうしてかイニシアチブは真芝に移りはせず、秦野からただ一方的に与えられる甘いそれは長く続いた。

「こういうのもいいもんだろ」

息が上がる頃になってようやく唇は二つに別れたけれど、もどかしさばかりが互いの中に残されて、腕や背中や、相手の頰を指先でかすめては離れていく動作を繰り返した。

静かなのにひどく艶めかしい秦野のささやきに、真芝は毒気を抜かれたようにただ頷いた。

欲望と言うには頼りない、けれどひどく甘いものが腰のあたりからわだかまって、いつまでもそこに身を浸していたいような、もっと煮詰めて熱いものに変えてみたいような、不思議な空気がバスルームを満たしていた。

「もっとしてやろうか……？」

真芝の濡れた前髪を両手でかき上げて、現れた形良い額に唇を触れさせると、痛いほどの力で抱きしめられる。そっと身じろぎ首を巡らせると、縋るような潤んだ瞳で自分を見つめる真芝がいた。

手のひらを傷つけない程度にそっと針で刺したような、曖昧で鋭い痛みが身体を走り抜ける。同じほどに濡れた目で見つめているとは知らぬまま、近づけた吐息は相手の喉に飲み込まれていく。

そして、いま初めて自分たちは、互いの中に感じた理由のない衝動に飲まれて、ひどく純粋に欲情しているのだと秦野は思った。

濡《ぬ》れそぼった服は取り払うのにかなりの努力を要したが、真芝《ましば》は苛立《いらだ》ちも見せないまま丁寧にそれを脱がしていった。

現れた秦野《はたの》の身体《からだ》はもはや見慣れたものであっても、やはり年齢を感じさせない瑞々《みずみず》しさには感嘆する。細い骨格の上に必要なだけの無駄のない筋肉をのせたそれは、傷つける為だけに奪った最初の夜から真芝を夢中にさせていた。

じっとしない子供相手に日々走り回る秦野には、いくつかの擦過傷や打ち身の痕《あと》がある。外に出ることも多いためか、特にこの日差しの強い季節には、手首や首筋の露出した部分の色が違う。

それだけに、身体を覆うものを剝《は》ぎ取ってようやく晒《さら》される部分の生々しい白さは、隠されたものを無理に暴いた感じがして扇情的だった。

長身の井川《いかわ》のように、自身への美意識で創りあげられた、美しいがどこか作り物めいたそれとは違う。秦野の身体は華奢《きゃしゃ》といえるほど細く小柄だが全体のバランスがよく、暖かな息づかいやその生き様といったものが表れていると感じられた。

そしてこんなふうに、秦野のすべてをほどいてしまえれば、訳の分からない苦しさから解放されるような気がした。

「……ん」

ほのかな赤みを帯びたやさしい象牙《ぞうげ》色の肌の上にあてがった手のひらから、しっとりとした心地よさが伝わってくる。

他人の体温を知らない少年のような気持ちでいながら、それでも慣れた作為が隠せない指先は的確に覚えた場所を彷徨《さまよ》った。冷え切った指先にはまだ血が通いきらず冷たいままで、それが却《かえ》って刺激になるのか、いつもよりも秦野の反応は素直で、鋭かった。

秦野の黒目がちの瞳《ひとみ》は伏せられたまま、まっすぐな睫毛《まつげ》に絡む水滴を時折払うように震えている。唇をそこに落とすと、そんな甘い仕草に驚いたように身を引いたけれど、逃さず抱きしめれば首筋にそっと吐息を零《こぼ》した。

「――……ア」

そこに混ぜられた細い声は、真芝の襟足《えりあし》を辿《たど》って聴覚へ滑り込み、官能を揺さぶってくる。

不可思議な興奮がこみ上げてくるのを奥歯を噛《か》んで堪《こら》え、間近にある小さな顔をそっと盗むように見つめ、つと息を飲んだ。

小作りで地味だと、そんな印象しかなかったけれど、一重《ひとえ》の瞼《まぶた》や線の細い鼻梁《びりょう》も、まじまじと見れば全てが端整な造作をしていた。収まりが良すぎてむしろ目立たないように映るだけのことで、本人が自身の容貌に無自覚なせいもあるのだろう。

「……どうした？」

互いに上半身を晒《さら》したところで動きの止まった真芝を訝《いぶか》しんだのか、どこかぼんやりした声での問いかけがあった。

真芝の胸元あたり、低い位置にある顔がゆっくりと仰向けられ、黒々と濡れた瞳が真芝の姿を映した。

「――……！」

瞬間、左胛の奥に突き刺さった痛みを、半ば呆然《ぼうぜん》として真芝は受け入れた。

自分の中で忘れ去られ、腐りかけていたような感情がこみ上げてきて、表情には出さないままひどく狼狽《ろうばい》する。

（ばかな）

そっと胸の上にあてがわれているだけの、秦野の指先がひどく細いことに気がついて、ただそれだけのことなのに呼吸が苦しくなる。

「真芝？」

喉《のど》が細いせいか、秦野の声は決して低くはなかった。だが、耳障りないやらしさはなく、少し掠《かす》れたそれは耳に絡むように甘くやさしい響きがある。

彼のくれた口づけと、その甘さはよく似ている。そう思った途端、なぜか頬《ほお》が熱くなって、見咎《みとが》められるより先に、尖《とが》った骨の目立つ肩先に顔を埋《うず》めた。

「おい……なんだよ？」

問う声に答えが返せるはずもなく、腕の中に収まってしまう細い肢体を闇雲な力で抱きしめる。

（うそだろう）

今までに見たことのない、無心で穏やかな秦野の顔立ちを、ひどくきれいだと思った。そんな自分を信じられないと嘲笑《あざわら》ってみようとするが、なぜか苦い気分が募ってうまくできない。

腕の中で秦野がもがきはじめて、それを留めるようになお力を込める。

もう一度秦野の顔を見るのが怖かった。同じほどの強さで、見てみたいとも思っていた。

その瞬間におそらく、なにか決定的な変質が自分の中で起こることも予測していながら、真芝は迷い続ける。

「苦しい……って……」

結局アンビバレンツに終止符を打ったのは、弱い仕草で肩に爪を立てた秦野の声だった。

「――す、……すまない」

ひどく苦しげなそれにぎょっとなって、慌てて拘束をゆるめてやる。軽く突き飛ばすようにして離れていった秦野は、真芝が初めて謝罪の言葉を口にしたことには気づいていない様子だった。

「体格考えろよ、ったく……馬鹿力だな」

痣《あざ》になっちまったかも、と真芝の指が食い込んでいた二の腕のあたりをさする。出しっぱなしのシャワーのせいで赤らんでいたそこには痣は出来てはいなかったが、薄赤い肌の上には白く、真芝の指の形が残っていた。

「まあ、平気か……」

その上を撫《な》でた秦野の指はやはり細く、少しずつ目の前で薄くなっていく自分の指痕が消えてしまうのが嫌だった。

苦い、どこか切ない感情を持て余す真芝に、秦野は困ったように首を傾《かし》げた。それでもリアクションの取れないでいる真芝に、少ししらけた顔でぼそりと言う。

「しないなら、出るぞ?」

「あ、待っ……」

言いざまきびすを返した腕を慌てて捕まえた真芝は、うっかりと振り返った小さな顔立ちを真正面で見つめることになる。

先ほどより数段激しくなった痛みに、自分の顔が歪《ゆが》むのを知った。

濡れて着崩れたシャツを腕に絡めたまま、半身を捩《よじ》って振り向いたその姿は、秦野のしなやかな腰のラインを一層強調させていた。

無言のまま引き留める真芝を見やる瞳には驚きも嫌悪もない。ただ真摯《しんし》に、なにごとかを問いかけるような色があって、なにを答えていいのかわからないまま細い手首を引き寄せた。

濡れた前髪が重く、秦野の目元にかぶっている。指先で払う瞬間、自分でも嫌になるほどそれは震えていた。

顕《あら》わになった瞳はやはり真芝の心臓を鷲掴《わしづか》んで、唇を待つ間に伏せられていくそれを残念に思いながらもほっとする。

「んゥ……」

正体の掴《つか》めない恐ろしさに急《せ》かされながら、水気を吸って蕩《とろ》けそうにやわらかくなった唇に自分のそれを重ねた。先ほど知った秦野のキスによく似た動きで舌先を忍ばせると、普段よりも数倍の甘さで唾液《だえき》と舌が自分のそれに絡んでくる。

なにが起こっているのかわからなかった。こんな口づけは知らなかった。肌の隙間《すきま》とか唇の形とか、そんなものがなにもわからなくなって、潤沢《じゅんたく》なうねりの中で転がされているような感覚だけが残る。

吸い付き、包み込んでうねる動きは、身体をつなげた瞬間に感じる、興奮と安堵《あんど》の入り混じったそれに酷似していて、凄まじいまでの酩酊《めいてい》感に真芝は恍惚《こうこつ》となった。

「ふ……んん……っ」

切ない声が聞こえ、少しだけ意識の部分で感覚を捉《とら》えるようになる。薄目を開ければ半裸の秦野と固く抱き合ったままの自分を認識した。密着した腰は互いに張りつめていて、冷めてしまうどころか余計に煽《あお》られる自分はどこかおかしくなっていると真芝は思った。

「あう……！」

チノの上から小さな腰を摑《つか》むと、手のひらに余るほどの丸みに指が食い込む。濡れたせいで下着のラインが透け、それをなぞるように指先で辿《たど》ると秦野が激しく身を捩った。

「あ……ああ……！」

苦しげに振りほどいた唇からは嬌声《きょうせい》が零れ、キスだけで理性が飛ぶほど感じていたのは互いに同じだと知らしめる。

胸が熱くなって、それはどうやら秦野のそんな姿に嬉《うれ》しがっているせいだと真芝は知った。

「んっ、んっ……いや……」

両手でいやらしく腰を揉《も》みほぐしながら、徐々に際どい部分へと刺激を加えていく。唇は耳朶《みみたぶ》を何度も小さく噛《か》んで、秦野に泣き出しそうな声を上げさせることに成功していた。

「あっあっ、……あっ！」

細い腰がひくひくと震えて、次第に艶《なま》めかしい蠢《うごめ》きに変わっていく。普段は半ば投げやりに快楽を追うだけの秦野が、自制しきれない程のそれに侵されていくのを見ているだけで射精感が募った。

自分を浅ましいと思ったが、今更の話だ。

いずれにせよこの密閉された空間には二人しかおらず、そのお互いが同じ方向へ向けて熱を持て余している以上、取り繕《つくろ》うこともなにもしなくていいのだと思えた。

「……ここさ」

声が掠れていたのは長いこと声を発しなかったせいなのか、それとも浅ましい欲情のせいなのか、真芝にはわからなかった。

「あ、ふあ、あは……っ」

縫い目の上から這《は》わせた指で、いつも自分を受け止めさせる小さな場所を卑猥《ひわい》な手つきで擦《こす》る。秦野は堪えきれないように腰を揺らした。

「ぐしょぐしょになるまで舐めてやろうか？」

「ひ……！　やだ……っ」

冗談じゃないと秦野は首を振ったけれど、想像だけで感じてしまったのは、真芝の腿《もも》に伝わる彼の高ぶりで知れた。

見下ろした先には瞳に涙を滲《にじ》ませ、紅潮した頬のまま喘《あえ》ぐ秦野がいた。うそつき、と揶揄《やゆ》した真芝の声は、自身でも知らなかったほどの甘さと艶《つや》を含んで、秦野は電気に打たれたように腕の中で跳ね上がる。

仰《の》け反《ぞ》った首筋に軽く歯を当てて、そのまま胸元へと滑らせた。つんと尖った胸に吸い付くと、しゃくり上げるみたいに秦野は喘いだ。耳にそれは心地よく、舌の上で硬度を増す小さな赤みには、見ても触れても感じさせられた。

「やだ、違う、なんか違う……っ」

執拗なまでに丁寧な愛撫《あいぶ》を施《ほどこ》され、普段では決して聞けないような舌足らずな声で秦野は訴えた。

甘えたような響きに驚きながらも、むしろ楽しんでいるような自分を真芝は知った。

壁のタイルにもたれさせ、濡れそぼったチノと下着を引きずり下ろす。脱衣の合間に触れただけの指先にも、秦野は上擦った声を殺せなかった。

シャツだけは結局背中に貼りついて、邪魔だと思いつつももう脱がせなかった。取り損なった袖口《そでぐち》のボタンのせいで手首にわだかまった布地は解くのに容易でない。

両手足に絡まったそれが嫌な記憶を呼び覚ましたのか、しきりに秦野は身を捩った。眉根が寄せられているのがたまらなく可哀想な気がして、思わず額の中程に口づけすると、小さく息を飲んだ後で腕の中にくずおれる。

「痛くしない」

言い訳めいているようだったが安心させてやりたくて、ひそめた声で囁《ささや》いてやると小さく頷《うなず》いた。小柄なせいだろうかひどくそれが健気《けなげ》に見えて、不安定な身体を抱きしめながら、足首に絡まる衣服だけは脱がせてやる。

「お……まえ、は？」

濡れた声で促されるまま、真芝も残りを脱ぎ捨てた。明るい場所で顕わになる浅黒い肌と、その屹立《きつりつ》に、秦野は確かに恍惚とした視線を向けた。

淫蕩《いんとう》にゆるんだ唇は色づいて、艶めかしい吐息を絡めたまま、真芝を待っていた。

「あ——ん、あ……」

浮き上がった腰骨を撫でながら、手に取ったボディソープを最奥に塗りつけてやると、思ったよりも少ない抵抗感に驚いた。

ぐずぐずになったそこはまとめた指をあっさりと飲み込んで、なお物欲しげに震えている。内部で指を拡《ひろ》げてやると、細い脚はがくがくと震え、秦野のセックスからは粘ついたものが滲みだしてきた。

秦野は声もなく胸を喘がせ、ゆっくりゆっくりと穿《うが》つ指を何度も締め付けてくる。

真芝が作り替え、多少強引に事を進めても受け入れることの出来るようになったそこは、今日のようにやさしげな刺激では物足りなくなっているようだった。

「ンンっ、ま、真芝……ぁッ」

零れそうなほど潤んだ瞳がなにを訴えているのかは知っていたが、指に絡む感触をもう少し味わっていたいと真芝はそれを引き延ばす。

「あ、もうヤダ、やだって……っ！」

滑《なめ》らかなソープの泡がくぐもって卑猥な音を立てるほどに、秦野の声もいやらしく歪んだ。焦れたように真芝のそれに手を伸ばしてくるが、腕に絡むシャツのせいでうまく届かないようだった。

奥を探る動きは休めないまま、呼気を引きつらせ始めた細い背中を抱いてやると、腕に縋《すが》り付いてくる。

「なにが嫌なんだ？」

「ゆ、指っ、ユビがっ、ああっ」

入り口の近くをかき回すように抉《えぐ》ると、秦野は悲鳴を上げながら涙を零した。

「なんで嫌？」

「ご、ごろごろしてイヤ、やあぅッ、あっ、あっ」

訴えの途中で深く抉り、いいようにかき回して泣かせた後に、唐突に指を引き抜く。

「……ッん！」

来るのか、と期待と不安の入り混じったような顔で見上げてくる秦野に、軽いキスを落とした真芝はシャワーヘッドを手に取った。

「泡、流すから後ろ向いて脚開いて」

努めて冷静な声を出すと、黙ってその通りにする秦野がひどく癪《しゃく》に障った。また、こういう時に一度も逆らわせない抱き方をしてきた自分にはそれ以上に腹が立った。

ぬるめの弱い水流で洗い流しながら、内部に溜まった泡を掻《か》き出すたびに秦野は甘い声を上げて震えていた。濡れたシャツの貼りついた背中が目の前でうねる。

「もっ……まだ……？」

秦野は感じすぎてつらいらしく、ひっきりなしに荒い呼気を漏らしている。淫猥《いんわい》なリズムで跳ねる腰は、既に自分でも止められないようだった。指先で散々味わった熱にいますぐにでも沈み込みたい自分を堪え、真芝は突き出された形の丸いラインを撫でた。

「いあ……ん」

肌のあちこちを吸いながら秦野のそれを軽く握ってやると、絶え入りそうな声を出して身を捩った。

「だっ……だめ……っ」

脚を更に開かせて、ひくひくと収縮する尻に指を這わせながら跪《ひざまず》く。

「いま触るとすぐいっちゃう？」

じゃあやめようと、限界まで膨らんだセックスから手を離す。慌てたように振り向いた秦野は、晒された秘部に何事かを仕掛けようとしている真芝を見つけてぎょっとしたようだった。

「なっ、なにっ、なにして……うわっ……！」

「おっと」

焦ったようにもがき、手足をばたつかせた秦野は勢い脚を滑らせ、膝《ひざ》から体勢を崩してしまう。転ぶ前に伸びてきた強い腕に支えられ、秦野がほっと息をついた瞬間を見逃さず、力の抜けた腰を抱え上げて四つん這いの体勢にさせてしまった。

「ほら、ここに……」

腰だけを掲げるようにされた秦野は身体中を赤らめて抵抗するが、濡れた床が滑り、そのあがきは徒労に終わる。

「よせって、あ、……やだ……っ」

そして濡れそぼった狭間《はざま》に指を添えられ、ごねる言葉の語尾は掠れて弱くなる。

「さっきみたいにキスしたら……凄《すご》くいい」

「い、やあああああっ――！」

卑猥な囁きに煽られて、触れる前に秦野は弾《はじ》けてしまった。タイルを汚しながらがくがく震えている白い肌に、真芝はそのまま舌を這わせる。

待ってやらなければ恐らくつらいだろうけれど、待ちわびるように綻《ほころ》び震えているそこに、もっと深い官能を教えてやりたかった。

やわらかい肉を両手で広げ、軽い音を立てて口づけると、秦野が気の狂ったような所作で暴れ出す。初めてここで達したときにも似たような反応をした。自分の身体が変わっていくことに怯《おび》えているのだろう。

「いっ、や、なっ、舐め……や……」

唾液を載せた舌で小さな窪《くぼ》みをつつくと、腕で支えていた上半身がいよいよ崩れた。組み合わせた両腕の輪の中に頭を伏せて、真芝の舌が動く度に踊るように腰が揺れた。

細い腰がたまらずに蠢くさまは卑猥で、ひどくそそる。痛いほどになった自分のそれを片手で握りしめ、暴発しそうな衝動を堪えた。

「最初、あんなにきつかったのにな」

指を差し入れると、待ちかねたように内壁が一斉に絡みついてくる。淫《みだ》らになったものだ。男の受け入れ方も知らなかった秦野に自分がそうしたのだと考えるだけで、背中から首筋にかけてほの昏《ぐら》い情動が這い上ってくる。

「秦野さんの気持ちイイトコは、ここと、……ここ」

「ひ、んっ……！」

二つの指を入れて交差させ、入り口と、指の股《また》ぎりぎりまで差し込んだ中指の先で届くそ

こを小刻みに擦る。僅かな動きに耐えきれないように、無意識なのだろう秦野は指が当たる角度へと腰を揺らめかせている。

「舐めながら擦ってあげようか？」

指を増やしながら小さな尻に軽く歯を立てると、秦野が怯えたような顔で、泣きじゃくるような喘ぎを漏らして振り返る。

「も、いい、もういい、もういい……っ怖い……っ」

涙目になったそれが、いままでにないほど可愛《かわい》く感じて、身を乗り出して頬を舐めた。弾みに真芝の高揚したそれが細い太股に触れ、互いに身体を震わせる。

「ま、真芝、……真芝っ」

「なんだよ……？　どうしたの？」

指を引き抜き、後ろから背中を抱きしめ、ぴたりと肌を合わせる。物欲しそうにうずうずと揺れているそこへ、同じほどに焦れったさを持て余す熱を押し当てた。

「あーっ、あーっ、あー……！」

ほんの軽くつついただけでいやらしい声をあげ、秦野のそこは真芝を吸い食もうとする。やわらかな白い丸みを両手で揉みながら、言え、と真芝は告げた。

「どうしたいのか、言いなよ……」

「あ、いっいれ、いれて……」

なにを、と問うと、案外素直に言葉を返したが、指示語だけでは許してやらずに、稚拙《ちせつ》な子供が使う猥褻《わいせつ》な言葉を告げるまで、深く踏み込まないまま、秦野のやるせない蠕動《ぜんどう》を楽しんだ。

秦野はこういう言葉でのいたぶりに弱いようだった。しつこくされるのも、実際には感じるようで、ノーマルな性行を持っていた割にそうした自分の淫蕩さを割合すんなりと受け入れていた。

自分より一回りも小柄な秦野なのに、見た目はおとなしやかに映るのに、精神はどこまでも柔軟でしなやかだ。それゆえに強い。

「くそ……イイッ……！」

そしてこの、締め付けはきついのに、とろりとやわらかな秦野の中は、真芝にすべてを忘れさせ、単なる牡《おす》に貶《おとし》める。こういうのを名器というのかもしれないと、赤く霞《かすみ》のかかる頭の隅で思う。

甘く包むような感覚は、秦野の性格そのままだ。どこまでも許容して、真芝のペースを狂わせていく。

深く突き上げ、抜き取る動きを繰り返しながら腰を回すと、秦野のそれがリズムに合わせて引き絞られ、またゆるむ。

「あ、んっ、い、あ……やだ、……イイ……っ」

普段のぞんざいな物言いが嘘のように、甘ったるく幼い喘ぎを秦野は漏らす。もっとそれを聞きたくて、引き延ばすように抽挿《ちゅうそう》をゆるめると、いやだ、と泣き声で訴えてきた。

「も、と、ぐちゃぐちゃって、して……」

「――っ！」

細い首を捻って振り向く、濡れた黒い瞳。淫猥な言葉。そしてねだるように巻き付いてくる熱い粘膜に、体温が一、二度引き上げられたような気がする。

「や……も、大きく、すんなよお……っ」

正直に膨れ上がったそれはまた秦野の瞳を伏せてしまったけれど、耳に甘く残る声を引き出したことに真芝は満足する。

「痛く、ないだろ……」

上擦った声で囁けば、きもちいい、とぼんやりした答えが返る。もうまともな思考は繋《つな》げていないのだろうことにほっとしながら、追い上げるために身体を進めた。

与えられる感覚に酔った秦野には、きっと真芝の声は届かない。そう思った瞬間、ぽろりと言葉が零れていく。

「なんだかあんた、可愛いよ」

「ん……っ、ん……」

「感じてるの、きれいに見える。……変だな」

好みなんかじゃ、全然ないのに。

おかしいな。

「どうかしてる……、っ、ん！」

「あ——ぁ！」

きゅん、と締め付けられ、真芝の筋肉の乗った腹部が細かく痙攣《けいれん》する。ぎりぎりまで堪えた後に引き上げ、解き放った欲望は秦野の震える背中に飛沫《しぶき》となって落ちていく。秦野もまた、タイルの上に間欠的に吹き上げる体液を零していて、ひくひくと息づくセックスに指を絡めて最後の放埒《ほうらつ》を絞ってやった。

「は……はあ……」

べったりとくずおれた身体を引き起こすと、荒く艶めかしい呼気が胸元に触れる。

懲りずにこみ上げてくる欲は一体なんだと思う。

秦野を慣らすために半年間、さほど日を開けず抱いてきたけれど、それも殆ど処理に近いもので、こんなふうにちりちりと胸の奥が痛むような感覚は初めてだった。

ゆるく開かれた唇をそっと吸うと、まだ意識がはっきりしないのか、甘い舌が応えてくる。つるりとしたそれを舐めあっているうちに、また腰の奥が熱くなってくる。

「……ベッド……」

「うん……」

秦野も同じようで、自分を支える腕を艶めかしい仕草でひとつ撫でた後、吐息だけの声で誘う言葉を告げてきた。

シャワーで軽く汚れを流した後、腰の立たない秦野を抱きかかえるように歩かせながら、自分の腕のやさしさに真芝は驚く。

けれどそれも、辿り着いた先のシーツを濡らす頃にはどうでもいいことのように思えて、ひきつるように腕の中で震える身体の暖かさを追い求めることに夢中になっていた。

＊　＊　＊

翌朝。

目覚めて秦野がまず思ったのは、自分の腰を抱いている腕をどうやってはずさせようかということだった。

背中を包み込んだ胸は広く暖かく、居心地のいいものではあったけれど、一糸纏《まと》わぬ姿で絡み合ったままの下肢はひどく気恥ずかしい。

セックスの後真芝が泊まっていったのは、出会いの日を除けば初めてのことだった。まして こんなふうに肌を絡め合って眠ることなどしたことがない。

（とにかく起きないと）

時計を見ればまだ早朝で、秦野の出勤時間まではかなりの間があった。自転車で五分とからない勤め先は楽でいい。

だが、真芝がここから会社へ向かうとなるとちょうど一時間ほどかかる計算になる。シャワーも浴びた方がいいだろうし、そうそうのんびりもしていられる状態ではないだろう――。

（って、俺は嫁さんか……？）

はたと、ずいぶん甲斐甲斐《かいがい》しいことを考えている自分に気づき、居心地の悪さを覚えた秦野は腰に絡んだ長い腕をやや乱暴に振りほどき、起き上がった。

「……ん？」

荒い所作に、当然真芝の覚醒も促される。見下ろした先には眠気を引きずったまま、見慣れない顔があって、秦野はどきりとした。

とろりと眠たげな目元や険のない表情も目新しかったが、それよりなにより、真芝の顔を日の光の下で見るのは初めてのことだった。

清冽《せいれつ》な白い光の中でも、無駄なく均整の取れた真芝の伸びやかな肢体はなんら魅力を損なうものでもなかった。健康そうな焼けた肌にはむしろこの白々と冴えた朝の方がふさわしい気がした。

未《いま》だ目覚めきれない真芝を興味深く眺めていると、二、三度まばたきをした真芝が寝起きの掠れた声で呟《つぶや》く。

「あれ……？」

間抜けな第一声に、秦野は小さく笑った。その表情をみとめた真芝は一瞬、目を眇《すが》めるような表情をして、まだ寝ぼけているらしいと秦野は更に笑う。

いつまでも裸でいるのも間抜けだと、寝室に据え付けのタンスから下着と適当なシャツを引っぱり出し、手早く身繕いを済ませてしまう。

その間にも真芝はベッドの上で呆けたままでいる。まだ状況が飲み込めていないらしい彼に「大丈夫なのか」と話しかけてやる。

「え……」

「時間。風呂くらい入った方がいいんじゃないか」

ほら、と先ほど自分も眺めたそれを指さしてやると、見ていて面白いくらいに真芝の表情は変化した。

「やばい……っ！」

がばりと跳ね起きた真芝に、取りあえずバスタオルなど差し出してやりながら、後ろ髪についた寝ぐせのことを教えてやるべきか否か秦野は迷ったが、彼の向かった先がバスルームだったことで問題は解決かと口を閉じる。

それ以上に困ったことなのは、昨晩濡れたままで放置してしまった真芝のスーツだろう。今朝着用することが出来ないのはもちろんだが、プレスに出しても今後使いものになるかどうか。

「取りあえず今日のところは、これでどうにかなるか……」

シャツはフリーサイズの白があるからどうにでもなるが、脚の長さもウエストも違う真芝に、秦野の服など貸しても無理がある。

どうするか、と悩んだあげくふと思い出して押入の奥から引っぱり出したのは、以前知人からプレゼントされたスラックスだった。色や形は悪くないのだが、いかんせん根本的にサイズを間違えている。その内取りかえて貰《もら》おうと思いつつタイミングを逸して、貰い物だけに捨てるわけにもいかず、タンスのこやしになっていた代物だ。

「ジャケットは……なしでいいよな」

さすがに上着となるともうこれは用立てのしようがない。

夏場で良かったと思いながら、揃《そろ》えた着替え一式を風呂場に持っていくと、案の定昨晩の狂態を示す衣服が取り散らかされたままで——。

「く……くくっ」

バスタオルを腰に巻き、途方に暮れた男前のひたすらうろたえた顔を見つけて、秦野は今度こそ噴き出してしまった。

「笑いごとじゃないだろ……」

遠慮なしにげらげらと笑う秦野に、真芝もさすがに憮然としてみせるものの、ベッドの上ならいざ知らず、明るい陽《ひ》の射《さ》す脱衣所での半裸状態では、どうあがこうと格好が付いたものでない。

「やっぱりなあ。はいコレ」

笑いすぎて涙目になりながら着替えを差し出し、早く済ませろと促した。

「こっからならSの本社までは徒歩入れてちょうど一時間ってとこだろ、急ぎな」

案外ハプニングに弱いらしい真芝が可笑《おか》しくて可愛かった。というより、後先考えない感情にまかせての行動で失敗したことなど、今までなかったのだろう。

居心地悪そうな色の浮かぶ頬には、はっきりと「不覚」と書かれていて、いよいよ笑いの止まらなくなった秦野の耳に、バスルームのドアの閉められる乱暴な音が聞こえた。

「あ――……っかしー……」

まだ少し笑いの発作が治まらないまま顔を洗い、ほとんど生えないひげをあたった後、台所に向かった。これでいっそ朝食の支度でもしてやれば真芝の嫌がる顔が見られるだろうかと思ったが、なんだか妙な気がしたのでそれはやめにする。

電気ポットの嫌いな秦野は使い込んだケトルを火にかけて、お湯が沸く間リビングで新聞片手にくつろぐのが朝の習慣だった。

闖入者《ちんにゅうしゃ》がいるからといってそれを改める必要もない。

そう思う自分が、必要以上に「いつも通り」の行動をトレースしたがっているのはわかっていたが、敢《あ》えてその点には目を瞑《つむ》った。

どれほど意識しまいと努めても、昨晩からほったらかしの裁縫道具や、決して秦野のものではないブリーフケースと社名ロゴ入りの封筒といったものが、このリビングのあちこちに点在するのだ。

ましして、眠りというインターバルを置く間中も絡み合っていた肌の記憶は生々しいままで、ほんの数十分前まで両足の間に挟み込んでいた真芝の脚の感触などが、気を抜いた瞬間に恐ろしいリアルさで甦《よみがえ》ってくるのだ。

(なんか昨日はスゴかったよな)

ベッドに移ってからの記憶は朦朧《もうろう》として定かでない。というより気を失うように眠ってしまったのだろうことだけは予測できる。

もうなにしろ暖かく濡れた真芝が身体に入り込んだあたりから、セックスが反応しようとしまいと秦野はずっとイッてしまっていて、自分がなにをしているのかもよくわからない状態だったのだ。

(何回、したんだろ)

鮮明に思い出すことは出来ないまでも、とぎれとぎれに残っている記憶に顔が熱くなる。

腰の奥は痺《しび》れて重く、四肢の気怠《けだる》さはいつもの比ではない筈《はず》なのだが、気分の事だけでいえば不思議と不快感は残っていない。

「……あの」

赤くなった頬をひとり恥じて、隠すように朝刊を広げた頃に、まだ濡れた髪の真芝が、こちらもいささか複雑な表情のまま顔を出した。出してやった服はどうにかサイズが合ったようだ。数年の間押し込めていた割には皺《しわ》もなく、まあこれなら面目も立つだろうと秦野はほっとする。

「ドライヤーと整髪料、借りたいんだけど」

「洗面所の右の開き。シェーバーもおんなじとこ」

一瞬だけ絡んだ視線を、お互い同時に外しながらそっけない声で用件をやり取りする。

「あと、使い捨ての歯ブラシあるから使うなら使えば？」

「……ん」

間の悪さの中に漂う甘みのようなものには、まだ気づきたくないとお互い思っていて、それが無駄な努力だということも知っていた。

ケトルがけたたましい悲鳴を上げ、沸騰を知らせてくる。いつも通りに濃いめの煎茶《せんちゃ》をいれながら、自分一人だけというのも性格悪い気がすると、迷ったあげく客用の湯飲みにもついでおく。

やがて髪を整えて現れた真芝は、既に寝起きの情けなさを拭い去り、隙のないヤングエグゼクティブへと変貌していたが、見てしまったものはなかなか忘れられず、ギャップにまた可笑しさがこみ上げてくる。

「なに」

顔を見るなり口角をつり上げた秦野に嫌そうな声を出すが、こちらも照れ混じりのものの
ようだった。低い声ではあるが、迫力はない。

そして、ふ、と不思議そうに目を見張ってみせる。

「……眼鏡？」

真芝がぼんやりした声で呟いたとおり、煙草をふかしながら新聞を読む秦野は、薄いメタルフレームの眼鏡をかけていた。

「ん？　ああ、なんか読むときとかだけ」

顔も上げないまま答えて、広げた新聞から指だけで湯飲みを示し、「冷めるから、飲めば」と告げる。こっそりのぞき見ると、また面食らったような表情の真芝を見つけて笑いをかみ殺した。

テーブルの向かいに腰掛け、所在ないように広い肩が萎縮《いしゅく》していて、ひどくそれは可愛く見えた。

こうしてみると、真芝は実は表情の豊かな青年だったのだと知れる。ほんの一面でしかないだろうけれど、露呈した素顔に近いやわらかな表情を、ひどく嬉《うれ》しがっている自分を秦野はついに認めた。

「コーヒーの方がよかったか？　ってもインスタントしかないけど」

猫舌なのか、ゆっくりと真芝は日本茶を啜《すす》っていたが、秦野の問いに「いや」と首を振った。

「秦野さん、茶、いれるの上手い」

真芝から「あんた」や「おい」、ではなく秦野さん、と呼ばれたことに内心かなり驚いていたが、彼自身全く意識していないようすだったので、かろうじて動揺を表に出すことは防げた。

「別に普通じゃない？　特に高い茶っ葉でもなし」

「茶の味がするの自体、飲むのが久しぶりだ」

妙に実感のこもった言葉に、秦野はまた笑ってしまう。

「はは、今どきの女の子はお茶くみもまともに出来ないから……」

つい顔を上げると、驚くほど真《ま》っ直《す》ぐな視線がこちらに向けられていて、秦野は語尾を飲み込んだ。

戸惑いや困惑といったものはその眼差《まなざ》しの中に含まれているけれど、今までのように突き放した拒絶や冷たさは真芝の色の薄い瞳からかき消えている。

きれいな琥珀《こはく》色の淡い虹彩《こうさい》に、不思議な表情でじっと見入られて、秦野は一瞬言葉を失った。

「あ……と、時間は？」

「……うん」

顔を逸《そ》らしても頬のあたりに視線を感じ、三面記事を目で追いながらもちっとも頭に入ってこない自分を見透かされているようで、秦野は居心地悪く脚を組み替えてみる。

「なに？」

それでもはずれない視線に、肌がちりちりと炙《あぶ》られるようだった。さりげなさを装って言葉を促すと、

「服、ありがとう」

素直な声音《こわね》でぽつりと、一言だけを告げる。

「ん、まあ、遅れないように」

立ち上がる彼の方を見ないまま、よくわからないことを口にした秦野は、しかし不意打ちで目の前に現れた大きな手のひらに、眼鏡を奪われた。

「おいっ……」

奪い返そうとするが、ただでさえリーチが違う上に相手が立ち上がっては届く筈もない。

「普段かけないよな、どうして？」

怒ってみせようとした秦野はしかし、至近距離に迫った琥珀色の双眸があまりにきれいで息を飲む。

「か……えして」

「俺の顔は見える？」

本当にどうしてこう、自分たちは嚙み合わない会話しかしないのだろう。秦野はやや呆《あき》れつつ考える。

「会社、行くんだろ」

「目がいつも濡れてるっぽいの、近眼のせい？」

一方的に押しつけるばかりの真芝と、はぐらかしてばかりの自分では当たり前なのだろうが、それにしても。

「あのなあ、いつもいつも、人の話、聞いてる!?」

「あんたこそ」

呆れた声でぼやいた秦野に間髪入れず真芝も返して、ふと気づけば秦野の身体は長い腕に巻き込まれた体勢でいる。

喧嘩《けんか》腰の口調に尖らせた唇を、真芝のそれが驚くほどやさしく撫でてくる。

唇を開かないまますり合わせるようにしばらく、互いのやわらかさを味わって、どちらからともなくゆるやかに絡み合った舌には、ミントの味が残っている。

「ふ、くっ……」

また思わず噴き出しそうになった秦野を、けれど同じ味覚を味わった真芝は、言葉で責めることはしなかった。

そのかわりひどく甘いやり方で舌を嚙んでくるので、零れかけた笑みはすぐに、くぐもって切なげな声にすり替えられる。

「……ん、ん」

官能を深めるというより、なにかを確かめ合うような所作でさらりとした唾液と舌を何度もすり合わせた。昨晩気が遠くなるほど放埒を繰り返した身体は、さすがにこの程度では熱くなることもない。

真芝の手のひらは秦野の身体をなぞるように動いていたけれど、それはいつものように煽るためではなく、子供が見慣れないものを触って確かめるような、そんな仕草だった。

触れたときと同じほどの穏やかさで口づけはほどかれ、啄《ついば》むようなそれに濡れた唇を拭われながら、秦野は真芝の左手首を取る。

無言で時計を示してみせると、困ったような表情でほんのわずかに真芝は唇を綻ばせた。

そして、驚くほどやさしい仕草でゆっくりと、秦野を抱きしめてくる。

(ああほら、やっぱり)

戸惑いを多分に含んだ抱擁は、これまでの経緯や自分たちのスタンスとか、そういったものすべてを秦野に忘れさせるほど心地よかった。

「やさしいほうが全然、気持ちいいよな……」

「え？」

思わず零れた呟きに、独り言だよと秦野は誤魔化した。

「身体……きつかったら、もうなにもしないから」

秦野を抱く腕を少し緩めた真芝は、冷たい棘のない、けれど強い眼差しのまま秦野を見つめた。

そしてぽつりと言った真芝の台詞《せりふ》に、どうしようもないほど浮き足立つ自分のことを、秦野も認めないわけにはいかなくなった。

「今日また、会って。……俺と」

「……まし、ば」

返事を聞くのが怖いとでも言うように、小さな声で初めての懇願をした男は、その直後に秦野の身体を引き剝がす。

そして無言のまま、飛び出すように部屋を後にした。

「ってだから、俺は衣装作りがさ……」

呟きながらその背中を見送った秦野も、実はほっとしていた。

不似合いな純情さで囁いてきた声音に、顔中が赤く染まっていることなど、気づかれたくはなかった。

「風呂、入ろうかな」

起き抜けのままの身体には、真芝の匂《にお》いが残っている気がしていたたまれない。そういう自分の発想こそが恥ずかしいのだと気づいた秦野は、さらに盛大に赤くなった。

そして、誰も見咎めるものもないというのに早足でバスルームに向かおうとして、ふと、足下にあたった薄っぺらいものに気がつく。

「……あ？」

A4サイズの封筒は、確か真芝の鞄と共に置いてあった筈だ。

「バカだなもう……大人が忘れ物するなよ」

それだけ真芝が慌てていたということだ。多分時間にではなく、口走ってしまった言葉に。

あのひどく甘ったるい感情を含ませた、小さな声に。

「参ったね」

人を強姦しておいて今更純情ぶる男と、その相手をなんだか可愛く思っている男と。

どっちがろくでもないのだろう。

笑いながら秦野は考えて、既にこの封筒を届ける算段をつけている自分にツッコミを入れた。

「どっちも、どっちか—」

＊　＊　＊

スーツのまま必死に走ったことなど何年ぶりだったろうか。

額に汗を浮かせて飛び込んできた真芝を、同僚や後輩たちは一斉に物珍しそうな顔で眺めた。

「珍しいじゃん、真芝ちゃんが遅刻」

「……ちょっとな」

隣の席からの声に苦笑で返しつつ、ホワイトボードにある予定を確認する。

(午前中に見積もりの確認とって……ああ、報告書も提出だったな、午後は――)

「っ⁉」

外回りと書かれた予定表を眺め、真芝は血の気が引くのを感じた。そして慌てて手元の鞄を探るが、昨日持っていたはずの資料はどこにも見あたらない。

(まずった……忘れたか)

今日回る予定の取引先に見せる筈のプレゼン資料だったのだ。アレがなければ出向いたところでなんの意味もなさない。

舌打ちでもしたい気分で顔を歪め、秦野の家に電話してみるかと考えたが、時計を見るまでもなく既に彼も出勤している時間だろうことはわかった。

もう一度企画部に言って資料出しをして貰うか、もしくは往復二時間かけて秦野の家まで取りに行くしかない。

（もう十時だな）

約束は午後イチだったが、もう少し遅れる旨を連絡すれば間に合うだろうか。

『スミマセン、四課の真芝さんいらっしゃいますか？』

表面には焦りを出さないまま当面の打開案を検討する真芝に、内線の呼び出しがかかった。

「――ハイ、真芝です」

この忙しいときにと苛立ちつつも受話器を取り上げると、受付からの連絡だった。

『真芝さんに、秦野さんという方がお荷物を――』

「えっ⁉」

思ってもみなかった展開に驚きつつ、すぐに行くと告げてフックを下ろす。

「なんか珍しいもん二回も見たな」

普段は表情を変えることの少ない、冷静沈着な真芝が慌ただしく駆け去っていく姿に、誰ともなしに呟かれた言葉には相づちこそなかったが、その場にいた全員が胸の裡《うち》で深く頷いていた。


一階のエントランスには確かに封筒を手にした秦野の姿があって、駆け寄ってくる真芝を見るなり軽く手を挙げてみせる。

「ほい、忘れ物」

「なんで……秦野さん」

仕事は、と訊《たず》ねると半休にしたと、なんでもない顔で言葉が返される。

「助かった……ごめん、仕事まで休ませて……」

焦る手つきで内容を確認すると、確かに今日の打ち合わせ用の資料が入っている。肩で息をした真芝に、秦野はわざと眉を寄せて見せた。

「俺の方はまあ、どうにかなるけど、これプレゼンの資料だろ。悪いかと思ったけどちょっと中身見ちゃったよ。……まあ部外者だし、いいよな？」

忘れるなよと笑ってみせる秦野はストレートのジーンズにコットンシャツという出で立ちで、このオフィス街ではまず見ない類《たぐい》の服装だった。

「あ、ああ、かまわない」

固めない前髪がさらりと流れて、秦野をことさら若々しく見せるので、ぱっと見ただけでは学生と言っても通るだろう。

「——本当にごめん」

「いいって」

邪気のない笑みを浮かべられ、真芝は明らかに心臓が跳ね上がるのを知り、密《ひそ》かにうろたえる。封筒を受け取る指さえ意識してしまう自分に気づき、井川とうまくいっていた時にも味わったことのないような、この甘ったるい感情は一体なんだと自問した。

「じゃあ、俺はこれで」

「あ、……気をつけて。……その」

本当にありがとう、と頭を下げれば、気にするなと秦野はまた笑ってみせた。からりと晴れた空のような笑顔に、真芝は一瞬見惚《みと》れ、そして無意識に口角を緩ませる。

今朝方の甘みを帯びた雰囲気はやはり錯覚ではなかったのだと見交わす視線が物語るようで、少し気恥ずかしげに目をそらした。

しかし真芝は、その瞬間視界に入ってきた不愉快な男の姿を確認するや、整った顔立ちを渋面に歪ませた。

「……？　どうかしたのか？」

「いや……」

突然の表情の変化に秦野は驚き、問いかけてくる。なんでもないと返しながら、明らかにこちらへと向かってくる井川のすらりとしたスーツ姿を睨《にら》む真芝は、苦いものを口に詰め込まれたような表情を隠せずにいた。

「真芝、なに……」

「貴朗《たかあき》、ここにいたのか」

秦野がもう一度問いかけようとした時、口の端に微笑を浮かべた井川はさらりとした声をかけてきた。

井川の声をきっかけに、じゃあこれで、とその場を去ろうとした秦野の進路をふさぐように、井川は立ちはだかる。

表情は穏やかながら剣呑な気配を滲ませた派手づくりの男と、苦い表情のまま舌打ちをした真芝とを、不思議そうな目線で秦野は交互に見た。

「なんの用だよ」

「知り合いか？　紹介してくれよ」

真芝の声を無視したまま、初めまして、と笑いかけられた秦野は井川の見下したような無遠慮な視線に気づいたようだった。一瞬だけ窺《うかが》うように、真芝を見上げる。表情を強《こわ》ばらせ無言のままの真芝は、目顔で問うような秦野には答えてやることが出来なかった。

値踏みするように秦野を眺める井川は、先日真芝が言った「手一杯」の相手だということにおそらく気づいているのだろう。まさかオフィス内で馬鹿な真似はしないとは思うけれど、昔から小ずるい立ち回りをするわりに、浅慮で後先考えない部分がある井川を嫌というほど知っている。

（一体どういうつもりだ）

ここに現れたのも偶然を装ってはいるだろうが、真芝の慌てた姿を見かけてついてきたのに違いなかった。

同じフロアにあるとはいえ部署も違う井川がそこまで真芝の動向に目を光らせていることが不気味だった。一度は捨てた男にそこまで固執する理由が、彼の下らないプライドを傷つけた昨日の言い争いにあるのは明白だったが、寒気のするような気分になる。

そして、これ以上秦野を巻き込み、不愉快にさせたくはないと真芝は思った。

ただでさえ井川との悲惨な終焉《しゅうえん》のせいで、一方的にややこしい関係に引きずり込んでしまったのだ。それは全く真芝の身勝手でしかなく、秦野にはなんの咎《とが》もない。

今まで彼に強《し》いてきたすべてを許されると思うほどにめでたくはないが、それでも昨晩、やさしく背中を抱いてくれた彼の細い指に、出来るならはじめからこの関係を見直したいと真芝は考えていた。

今夜会ってくれと告げたのは、これまでの非道を詫《わ》びて、そして許されるものなら秦野にちゃんと向き合える資格をくれと請うつもりだったからだ。

井川を目の前にすると、そんな都合のいいことを思う己の卑小さを思い知らされる気分になり、真芝はただ苦い唇を噛みしめるほかになにも出来なかった。

しかしそんな真芝を怪訝《けげん》に思ったであろう秦野は、それを表に出すことなく静かに微笑《ほほえ》んで社交辞令を述べる。

「初めまして、秦野です。……あいにく、名刺は持ち合わせておりませんが」

差し出された名刺を受け取った秦野は、そこに記された井川の名前に一瞬目を留め、しかし何事もなかったかのように顔を上げた。

(気づいたな)

真芝は胃の奥が冷える気分で、傍らの小柄な彼を横目に窺ったが、その横顔からはなにも読みとることは出来なかった。

響きの同じ名前を持つ、真芝に暴行を行わせるきっかけになった男を前に、秦野はなにを思うのだろうか。

「こいつなんだな」

どこか哀れむような瞳で、真芝にだけ聞こえる声で秦野はぽつりと言う。責める口調ではなかったことが余計にいたたまれない気分で、しかしそれも自業自得だと真芝は小さく頷き肯定する。

真芝の逡巡《しゅんじゅん》に気づくはずもない井川は値踏みするかのように、秦野の姿を頭からつま先まで不躾《ぶしつけ》に眺め回し、ふっと鼻先で笑う。

「失礼ですけど、お仕事はなにを?」

「――井川っ」

遠慮もなにもあったものではない問いかけに、秦野は一瞬顔を顰《しか》めたが、声を荒げた真芝を諌《いさ》めるように軽く睨んだ後「保育士ですけど」と答えた。

「ああ、保父さんですか……道理で」

なにが「道理で」なのかはわからないが、明らかに侮蔑《ぶべつ》を含んだような表情で井川は笑った。

ブランド志向というか、自分と同じ価値観や生き方以外を認めない井川の胸の裡で、秦野の位置づけがどうランクされたのかを真芝は不快感とともに感じ取り、そのはっきりした精悍な顔立ちを歪める。

恐らくは、全国的に有名な会社に勤める自分と、地味な職業の秦野との釣書を比較でもしてみたのだろう。そうした無意識の差別に覚えがないでもない真芝は、自身の醜悪さをも見せつけられた気分がして、胸が悪くなりそうだった。

「秦野さん、急がないと午後に遅れる」

井川の不愉快な視線から庇《かば》うように、真芝は二人の間に割り込んだ。秦野は変わらず穏やかなまま、そうだな、と軽く頷いてみせる。

真っ直ぐな視線は清冽でさえあり、これほどの失礼を受けながら動揺を見せない秦野を真芝はますます好ましく感じた。

だが、初対面にしては敵意のある井川の態度に、さすがに温厚な彼もなにか思うところはあったのだろう。

ほんの少し挑むような色合いを瞳に浮かべて、真芝さえ知らないような甘い、含みを持たせる声で、さらりと言った。

「じゃあ、あとで、……また」

たったそれだけの言葉に顔色を変えたのは井川だった。真芝は内心驚きまた苦笑しつつ、華やかで毒気の強い井川に臆することなく、むしろあしらうような態度を見せつける秦野に胸がすくような感覚を味わった。

「うん、あとで」

返した声音にはどこか甘えるような響きがあって、それに井川が気づかない訳もないと知りながら——むしろわかっているからこそ、真芝は相好《そうごう》を崩してみせる。

そんな真芝を秦野は正しく理解したようで、もう一度和んだ瞳の奥には「仕方ないやつ」とでも言いたげな苦笑が滲んでいた。

「——待ってくださいよ」

しかし、それで収まらなかったのは井川で、そのまま退出しようとした秦野の腕を人目もあるというのに強引に摑んでみせる。

「おい！」

「貴朗とはいつからなんだよ」

真芝の制止も聞かず、井川は下卑た表情で秦野に問いかけた。

オフィスのエントランスというこんな場所で、しかも幾人もの人間が側《そば》を通り抜ける目の前で、声をひそめているとはいえずいぶんとあからさまな問いかけをする井川に真芝はぎょっとなる。

しかし、秦野は動じることなく淡々とした声で答えた。

「あんたになんの関係がある。腕を離せ」

静かではあるがきっぱりとした言葉に井川は鼻白んだ表情を浮かべ、「カンケイ？」と、いやらしく粘ついた響きで繰り返した。

「たいがいにしろよ井川……ッ」

うなるような真芝の声も聞こえないかのように、秦野の細い腕を摑んだまま、井川は言った。

「関係ならあるさ、長い付き合いのコイツの、新しい相手には興味あるじゃないか」

コイツ、と真芝を顎《あご》で示し、厚顔にも言い切った井川に真芝は絶句する。

「お、……まえ、なあ！」

「真芝ッ！」

沈黙の後、摑みかからんばかりになった真芝を短い、けれどきつい語調で諫めた秦野は、井川を見やり、心底呆れたようにため息をついた。

「井川さん、だっけ」

「そうですよ？」

「あんたが真芝とどういうご関係かは知らないけどさ」

秦野は、穏やかな口調のままぴしゃりと言った。

「俺があんたの問いかけに答えなきゃいけない義務はどこにもないよね」

おとなしげに見える秦野の澄んだ瞳の強さに臆したように、井川は喉の奥で唸るのみだ。

「帰っていいかな。TPOもわきまえないような失礼な人間の嫌味に付き合うほど、保父さんも暇じゃないんだ」

痛烈でストレートな台詞に、井川は顔色を変え、余裕のふりをかなぐり捨てて秦野に詰め寄った。

「――ちょっと待てよ、それ、俺のことかよ」

「他に誰がいるよ」

秦野も秦野で、かなり好戦的に受け答えをする。

「ちょっと……秦野さんっ」

「なんだよっ」

つけつけとした口調に慌てた真芝を睨みつけた秦野だが、会話の内容まではわからないながらも、周囲の目が険悪なムードの真芝らに集まり始めていることに気づいたようだった。

煩《わずら》わしげにそれらを眺めた後、無理に言葉を飲み込んだような不服そうな表情で口を噤《つぐ》んだ。

「あんたが喧嘩してどうする」

「ごめん」

宥《なだ》めるように薄い肩に手をかけると、馴染んでしまった体温が真芝の手のひらに伝わってくる。秦野もその接触に自分を取り戻したようで、ふっと短い息をついた後小さく笑ってみせた。

「——……っ！」

些細《ささい》なやりとりながら、入り込めないなにかを感じ取った井川はますます表情を強ばらせ、形よい唇をぎりぎりと噛みしめたまま睨み付けてくる。

その歪んだ表情を見やり、真芝はどこまでも冷めていく自分を知った。そして、こんな底の浅い人間と付き合ってきた自身に嫌悪さえ覚えた。

(俺はバカか)

うまく恋人と別れることも出来ず、勝手な思惑で秦野を引きずり込み、あげく勤務先での愁嘆場をまとめることさえも出来ない。

ともかくこの場から秦野を去らせなければ、そう思い、もう一度真芝が口を開いた時だった。

「——なにをやってるんだ真芝、井川も」

三《み》つ巴《どもえ》で睨みあう膠着《こうちゃく》状態に終止符を打ったのは、背後からの厳しい声だった。

「そこら中の注目浴びてるぞ。自分の持ち場に戻れ。真芝、K社の約束は二時だろう、準備は出来てるのか」

「鎌田《かまた》部長……」

ひやりとするような鋭い眼光に井川は唇を歪め、真芝は複雑ながらもほっとする。

「申し訳ありません、すぐ準備します」

おそらくこの場を通りかかった誰かから、揉めているらしいとでもご注進があったのだろう。

四十の大台に乗っているはずの鎌田だが、上背はむしろ真芝よりも高い。彼の持つ独特の威圧感は役職や肩書きから来るだけでなく、その長身や無機質なまでに端整な顔立ちに依《よ》るところも大きい。

「昼は出先ですますからそのつもりでいろ。――ん？」

コネクションに頼らず、だからこそ誰をも特別扱いしない鎌田を苦手とする井川は、舌打ちしながら早々に退却を決めたようだった。苦々しげに秦野を睨んだ彼は急ぎきびすを返そうとしたが、それを留めたのは鎌田の驚いた声だった。

「おい、秦野か？」

普段は冷徹に映るほどのきつい、けれど端整な顔立ちを緩やかに和ませた鎌田は、抑揚の少ない声音を喜びに跳ね上げてみせる。

「秦野だな！　なんだ、元気だったか……！」

「お久しぶりです」

対して秦野は淡々と、苦笑めいたものさえ浮かべてやんわりと会釈する。井川は目を見開き、真芝も状況が飲み込めずに困惑を表にした。

こんな鎌田の表情は初めて見る。ひどくプライベートな表情で、それも笑顔でいる鎌田など、おそらく社内の人間で見たことがあるものなど、片手にも足りないだろう。

「知り合い――……ですか？」

そして、鎌田と知り合いであるならば、秦野は自分の勤め先を知ったとき、どうしてなんの反応も見せなかったのかと真芝は訝った。

「お前たちこそ知り合いなのか？　知らなかったな」

交互に二人を眺めながらの言葉は、鎌田から逆に問われる結果となり、真芝は一瞬口ごもる。あとを引き取ったのは秦野だった。

「偶然なんですけどね、飲み屋で知り合いまして。まあ、飲み友達みたいなもんです」

(秦野、さん？)

やんわりとした声にはなんの不自然さも感じられず、真芝はますます混乱する。

個人的な話などろくにしたこともないけれど、半年の間で知った秦野は、案外に直情で、けれどおおらかな、自然体の男だった。井川に辛辣《しんらつ》に言ってのけた時にも驚きはしたが、その行動は秦野に見合っていた。

むしろこんなふうにあっさりと嘘をついてみせる彼はまるで知らないと、しばらく呆然としてしまう。

「部長は、秦野さんとは？」

「なんだ、そうか、お前たちは知らないか」

興味が湧いたものか、結局その場にいた井川がストレートな質問を投げかけ、返された言葉に、今度こそ絶句する羽目になる。

「——秦野は五年前までウチの社員だったんだよ。お前らとは入れ替わりだな。優秀な男で、あのままいたらお前らの上司だったかもしれないな」

「——え⁉」

「鎌田さん、そりゃ言い過ぎだ」

秦野はまた苦く笑って混ぜ返したけれど、鎌田の性格上、世辞や持ち上げを言うタイプではないことはこの会社の人間なら誰しも知っている。つまりは、その発言はかなりに真実だったということだ。

井川は侮《あなど》っていた相手の意外な事実にショックのあまり青ざめ、言葉もなくしている。そして真芝も、井川とはまた違う部分で衝撃を受けていた。

「しかし久しぶりだな……江木《えぎ》とはよく、お前のことを話すんだが……結生子《ゆうこ》ちゃんの三回忌以来だな」

「ご無沙汰《ぶさた》してしまって申し訳ありません……この間、お参りにいらしてくださったそうで」

真芝にはわからない名前を口に出す鎌田と、それに穏やかに答える秦野がひどく遠くて、口を挟む余地もない。

ユウコという名を出された瞬間、不自然に表情をなくした秦野が気にかかって仕方なかったが、いまこの場で問いただすことはとても出来なかった。

三回忌という言葉がやけに引っかかるが、それがなぜかはわからない。

知り合って半年、その間の殆どはセックスに費やされていた自分たちが分かり合っているなどとは口が裂けても言えない。

むしろいままでのことを思えば責められるべきは真芝の方で、秦野がS商事に勤めていたことや鎌田と知り合いだったことも、知らなくて当然といえばそれまでだ。

ただ直感として、秦野がこの会社を去ることになった理由が、その「ユウコ」という女性にあるだろうことだけは真芝にはわかった。

「江木も寂しがってるから、たまには顔を出してやってくれ……」

慈しむような眼差しと口調で、秦野の薄い肩を包んだ鎌田はなんの他意もないのだろうが、目の前が歪むほどの昏《くら》い衝撃を受け、真芝は自分が嫉妬《しっと》していることを知った。

「そうですね……っと、そろそろお暇《いとま》します。お仕事中申し訳ありません」

「ああ、引き留めたな悪かった。……元気で、たまには本当に顔を見せろよ」

はい、と頷き、秦野は真芝に読めない眼差しで笑いかけてくる。

「じゃ、邪魔したな」

「……あ」

確かに目線はこちらを向いているのに、秦野の瞳は遠くを見るような、そんな不思議な色をしていた。

「——諫めに来たんだがな。……お前らも、戻れよ」

なぜとはわからない喪失感が真芝の足下を揺らがせて、少しばつの悪そうな珍しい鎌田の声が聞こえなければ場所もわきまえずに抱きしめていたかもしれない。

「知らなかったのかよ」

憎々しげな、それでいて揶揄するような毒を含んだ井川の声が聞こえたけれど、真芝はそれを無視した。

もはや井川のことなど、真芝にとってはなんの意味もなさない。無機質な雑音を幾つか吐き出していたようだったが、真芝が完全にその眼中から自分の存在を消してしまったことだけは理解したようで、井川は静かにその場を去っていった。

そのことにさえ気づかないまま、真芝はその場に立ちすくむ。

去っていく秦野の細い背中は振り向きもしない。

今朝、あの身体を抱きしめたときには確かになにかを掴んだような気がしたのに――。

（秦野さん、あんた一体……？）

ようやく彼に、誠実に向き合おうと思ったのに、なにもかもがいまバランスを崩したような、もう手遅れのような気がして、真芝はしばらく微動だに出来ずにいた。


気乗りのしないまま終業時間を迎え、朝方とは違って覇気のない身体を引きずり、真芝は帰途につこうとした。

あの後向かったプレゼンの場では鎌田がどうにか仕切ってくれたものの、ひとりでは商談の場をまとめきれたかどうか自信がない。

実際、真芝はまだ実社会においては若造に過ぎず、己にはその裁量権もないのは知っていたが、せめてサポートくらいはまともに果たすべきだと知っている。

だというのにせっかく秦野が届けてくれた資料を出がけに忘れそうになったり、説明の途中で資料とは違うことを言ってしまったりと、散々な結果になってしまった。

「申し訳ありませんでした」

取引先の社屋を出るなり、心ここにあらずだったなと、ただ一言で切って捨てた鎌田にひやりとしながらも、仕事を完遂出来なかった情けなさより、秦野とのことを問いただしたい自分がいて呆れてしまう。

「なにか悩みでもあるのか。プライベートと仕事は分けろと教えたはずだ」

厳しく端的な言葉には声もなかった。唇を噛みしめてうなだれた真芝に、鎌田は小さく吐息する。

「まあ、いい。ところでこの後は用はあるのか」

「……いえ」

一瞬返答が遅れたのは、秦野との約束が脳裏をよぎったからだった。しかし結局、真芝はゆっくりと首を横に振る。

いまこんな精神状態で秦野に会えば、なにを言ってしまうかわからない。ひどく不安定で、それが暴力にすり替わらないとは、真芝にはとても言えない。

なにかを思いつめたような横顔を見せる部下に、鎌田は少しの間をおいて言った。

「時間があるなら、飲みにでもいくか」

「え？」

失態を犯した真芝を慰める為ではないのはわかっていた。そういう意味でのぬるいねぎらいをかけるタイプではない鎌田だ。こうした場合には叱責《しっせき》も慰めもあまり口にせず、黙って尻拭《しりぬぐ》いだけをする彼を、真芝はよく知っている。

「秦野とお前が知り合いとは思わなかったが……ちょっとあいつの近況でも聞かせてくれな

いか」

そう言って、やはり真芝の知らない顔で僅かな微笑を浮かべてみせる鎌田に、抑え込んだ嫉妬が臓腑《ぞうふ》を焦がしそうになる。

「俺は、かまいません、予定もありませんし」

けれどそれ以上に、鎌田の知る秦野を知りたいという欲求に真芝は勝てないまま、慣れた営業用の笑みを浮かべていた。


「いらっしゃい」

鎌田が腰を据えたのはこぢんまりとした居酒屋で、暖簾《のれん》には『韋駄天《いだてん》』とある。色の抜けた藍染《あいぞ》めのそれをくぐり、ひげ面のまだ若そうな店主に、鎌田は「適当に頼む」と告げた。

「ここ、よく来られるんですか」

「ああ、知り合いに教えて貰ってな。煮物が結構いける」

バイトらしい髪の長い青年が突き出しと冷酒を運んできた後、当たり障りのない会話がしばらくは続く。

「ところで――」

だが互いに話したいことは明白だったので、単刀直入な切り口で真芝は上司に水を向けた。

「秦野さんのことって言っても、俺あんまり知らないんですけど」

そうなのか、と抑揚のない声で言った鎌田は、少し考えこむような顔をした。

「年も違うし、タイプもえらく違うだろう、どういう知り合いなんだ」

真芝と秦野の人となりをそれぞれに知る鎌田だからこその問いに、幾分覚悟を決めた真芝はさらりと言った。

「半年くらい前に偶然……俺が酔って倒れてたんで、介抱して貰ったんです」

嘘ではなかったので、ここまではすんなりと口に出せるが、後は突っ込まれればかなり厳しい。だが鎌田は、特に詮索《せんさく》するようなことはしなかった。

「お礼してから、たまにあって飲むようになったくらいで……。だから、近況って言えばお遊戯会の衣装作ってるらしいとしか言えませんね」

少し冗談めかした声音は功を奏したようで、鎌田の硬かった表情が少しだけ緩む。

「いやまあ……元気そうならいいんだ。そうか……保育士になったとは聞いてたが……」

ぽつりと言って盃《さかずき》を干した鎌田に酌をしつつ、それよりも、と真芝は訊ねた。

なんだかやけに気が急くような、そんな自分を知っていたから、口調はことさら穏やかで平坦なものになる。

「秦野さんがウチにいたなんて初耳でした。部長と知り合いだったのも……」

「ん……ああ、すまん」

問いには答えず、酌の礼だけを口にしてそれきり、鎌田はふつりと口を閉ざした。

運ばれてきた塩鯖《しおさば》をつつき始めた鎌田の、この男には珍しい、逡巡するような表情に、ストレートすぎたかと真芝は思ったが、どの道口の重い鎌田だ。手強《てごわ》いことは知っているし、どこまでの情報を自分ごときが引き出せるかわかったものではない。

（変な小細工して警戒されるよりもましだろう）

黙り込む鎌田を前にいやに胸騒ぎがして、それが秦野のことを知りたいせいなのか、それとも、なにかの予兆なのかは真芝にはわからなかった。

ただ、これを逃せば、はじめて感じた秦野への違和感、その正体が摑めなくなる気がした。

傷つけても貶めても、あの飄々《ひょうひょう》とした空気を乱すことのなかった秦野に惹《ひ》かれていることを自覚したばかりで――それはもしかすれば、無意識に目をつぶっていただけのことかもしれなかったが、いずれにしろ今の真芝が、秦野という人間への興味を抑えられないということだけは確かだ。

ただ、それ以上に、「ユウコ」という名前に一瞬色をなくした秦野の表情が、なぜか目の前が靄《もや》いだような漠然とした不安を覚えさせている。

彼にそれを直接問うことが出来ないのは、明らかに臆病になっているからだ。鎌田に笑って見せたような、あんな不透明な笑顔を向けられたら、きっと傷ついてしまう。

むしのいいことだと己を嘲笑いながらも、今までの非道を自覚するからこそ、秦野に向き合う前に手がかりを摑んでおきたいのかもしれなかった。

「あんまり……他人の口から聞かせることじゃないんだが」

誘導尋問出来るような鎌田ではないと読んでの直球は、ガラス徳利が三本目を越える頃になってようやく鎌田に届いたようだった。

「すいません、詮索するような真似して」

形ばかり謝った真芝のことを見透かすように、酔いを顔に出さない鎌田はふっと笑んでみせる。かれいの唐揚げに箸《はし》をつけた真芝は、それでも引かないというようにあえて上司の顔を見はしなかった。

「さっきの話、少し聞こえてただろう」

なるべく平静を装ってはいるが、いよいよだという気持ちはやはり身体に表れ、テーブルの下で一瞬膝が震えるのに、真芝は身体を強ばらせて耐える。

「ええ、……ユウコさんの三回忌がどうとか……」

真芝の言葉に、鎌田はまたしばらく黙り込んだ。真芝も促しはしないまま、味のわからなくなったかれいを冷酒で無理に飲み下す。

「結生子ちゃんは、……」

疲れたように吐息して、伏し目のまま猪口《ちょこ》を下ろした鎌田は、痛ましい声でそっと口を開いた。

「……秦野の、亡くなった奥さんだ」

そして紡がれた言葉に、真芝は心臓が止まったかと思うほどの衝撃を受ける。

（——ナクナッタ？）

「江木ってのは、俺の……高校時代の後輩で、結生子ちゃんの父親だ」

頭が真っ白になりながら、しかし鎌田の言葉に納得いかないものを感じて真芝は問い返した。

「あの、ま、待ってください……結生子さんて、おいくつだったんですか」

「亡くなった年は五年前で、確か——二十八じゃなかったか」

「え、だって江木さんって……部長の後輩って」

鎌田が現在四十代の前半で、当時は三十七か八だったということになる。高校の後輩というこことはそれより更に若いはずで——。

「江木の養女だったんだ、結生子ちゃんは。実際には兄妹みたいなもんだった。俺も詳しい事情は知らないんだが、色々あったらしくて……」

本当に「知らない」わけではないことは、鎌田の僅かに低くなった声から知れたが、江木氏のプライベートにまで詮索を及ばせる気は真芝にはなかった。

「そう——ですか」

いずれにしろ、十くらいしか離れていない相手を養女にする時点で相当な事情があったのだろう。問い質《ただ》すことも憚《はばか》られ、真芝は口を噤んだ。

それどころではないというのが実際だった。

このまま鎌田の話を聞き続けてはいけないような気がして、背筋が奇妙に強ばってしまう。

「俺にとっても妹みたいなもんだった。いい子だった。だから、秦野を紹介したんだ」

しかし、ぽつり、ぽつりと語る鎌田の言葉はどこか遠く、おだやかな表情はひどく真芝をやるせなくする。

自分から水を向けた以上止めるわけにもいかないと思いながら、膝の震えはひどくなっていった。

「秦野も、苦労してな。大学に上がった途端、親父《おやじ》さんが亡くなって——お袋さんもその二年後だかに亡くしたそうだ」

それ以上に、初めて語られる秦野の過去に、息苦しさは更にひどくなっていく。

「二人とも、家族にすごく憧《あこが》れてるようなところがあって——俺も江木も、未だに独り身だから、そういう空気を与えてやれなくてな」

悪い病気じゃないかというほどに、真芝の心臓は早鐘を打ち、生汗がしきりに流れていった。

頭の中は真っ白で、ただ鎌田の述べる端的な事実だけが恐ろしいウエイトで脳裏を占める。

「結生子ちゃんも秦野もだから、どこか人寂しいような目をしてて——それでも本当にやさしい子で、やさしい奴だったから、結婚が決まったときはああこれで、幸せになれるなって俺も本当に嬉しかった」

ほんの少し、鎌田は喉がつまったような声を出した。俯《うつむ》いたままの真芝には見ることは叶わなかったが、おそらくあの鋭い瞳は潤みを帯びているのだろう。

苦いものが、舌の奥からこみ上げて、真芝は煙草に火をつけた。指先ががくがくと震えだし、吐き出す煙がやけに目に染みた。

「ゆ、……結生子さんは」

煙を吐きながら、真芝がようやくの思いで口にした問う声の響きは、自分のものとは思えない嗄れた声だった。

「どうして――亡くなったんですか」

鎌田はまた、沈黙した。

「鎌田さん？」

「……一本、貰う」

そして真芝から煙草を失敬すると、深く吸い付けながら、ゆっくりと小さな声で答えた。

「事故だった」

その声はどこか虚ろで、真芝は背中がそそけたつのを感じ、もはや隠しようもなく肩先を震わせた。

「生まれたばっかりの子供抱いたまま、居眠り運転の車に跳ね飛ばされて」

撫でつけた髪が崩れ、普段よりも若く映る鎌田は、痛みを思い出したように唇を歪めた瞬間ひどく老け込んで見える。

凝視するように見開いたままの瞼が痛んで、けれど瞬きすることも出来ないまま、真芝は他人の痛みに素手で触れるような真似をした自分を悔やんだ。

（――俺は）

そして、それ以上に。

「秦野はちょうど、俺について出張に出ていて――新しいマンションを買ったばかりだから、張り切ってたな。その留守を守るんだって、元気な声で話してた、その翌日に」

秦野に対して、自分がどれほど勝手な感情を押しつけているのかを、ひしひしと感じていた。

「……じゃあ、秦野さんは」

重苦しい沈黙が降りて、真芝は不意に悲鳴をあげそうになった喉を手のひらで抑えた。

鎌田はもう一度冷酒を呷《あお》り、震える息混じりの声で、痛む記憶を唇に昇らせる。

「秦野は……死に目には、会えなかった。江木が、ひとりで見取った」

手のひらの下で何度も嚥下《えんげ》する喉が、酒のせいでなく焼け付くようだと真芝は感じた。

（――俺は、なにをした？）

話の合間にも酒の量は増え続け、鎌田はだいぶ酔っているようだった。彼はもしかすれば、いまでも結生子を亡くした痛みを乗り越えられずにいるのではないかと真芝は思った。

そして、秦野はどうだろうと考えた瞬間に、ごぼりと喉が嫌な音を立てる。

鎌田の語ったのはあくまで端的な事実のみで、むしろ秦野と結生子へ向けての感傷のようなものを、極力表に出すまいとしているように真芝には聞こえた。

それでも、真芝には目に見えるようだった。

家族運の薄い若い二人が、切ないほどに幸福を願って、ようやくに繋いだ手を無理矢理もぎ取られる。その痛ましさと哀《かな》しみが、残されたからこその悔恨《かいこん》が。

どこか透明で、そのくせ揺るぎない秦野のあの眼差しは、結生子を失った瞬間に生まれたものではないだろうかと真芝は思い、それはおそらく真実に近いだろうということも直感的に感じ取る。

秦野は一度死んだのだ、結生子の死と共に。

そして、真芝の直感は鎌田の言葉に裏付けられる。

「それからの秦野は抜け殻みたいだった。仕事が手につかないどころじゃない、眠れなくなって、――一時はカウンセリングを受けるほどだった」

鎌田はもはや真芝に聞かせるためでなく、自らの記憶に沈み込んでいるようだった。

もうやめてくれと叫びそうになりながらも、その言葉を聞かなければならないと真芝はこ

み上げる不快感を堪えて肩を震わせる。

「結生子ちゃんの葬式から三ヶ月の後に会社を辞めて、しばらく腑《ふ》抜けたみたいになって
――それでも、真芝、人間は、食っていかなきゃならないんだ」

残酷だろう、と言った鎌田の言葉は、自分に向けられたものではないのに、真芝にはそう思えて仕方がない。

秦野の強さをはき違えていた。傷つかないわけでなく、ただ柔軟でタフなわけでもない。あまりにも深く傷ついたからこそ、他の痛みに耐えられるのだ。もしかすれば、それが痛みとも気づいていないのかもしれない。

もう一度喉が圧迫感に鳴き、強まる嘔吐感を堪えれば目の前が歪む。鎌田の顔ももうはっきりとは見えぬまま、その声を必死に追いかけることしか真芝には出来ない。

「あんなに憧れた家族を手にして――一年でそれもなくして、壊れかけてもあいつを助けるものはなにもなかった。俺も江木も、なにもしてやれなくて……気づいたら、あいつはひとりで立ち直ってた」

「……ひとりで？」

胸を喘がせ、それでも引っかかりを覚えたその言葉に真芝は反応した。

「げっそり痩《や》せて、保育士になるって挨拶《あいさつ》に来た。つらいだろうに、亡くした子供の分も、可愛がってみせるって、そう……」

鎌田はぐっと息を飲んで、手のひらで顔を覆った。

「見送るのは……三度目で、もう慣れたと、そう言ったよ……」

堪え切れぬまま、真芝は口元を押さえて立ち上がる。

「ちょっ……と、失礼します」

はっきりと言えたかどうか自信はなかった。上司と飲んでいる最中に中座する失礼も、もはや念頭にない。

ただ、身体の中に澱《おり》のように溜まった汚いものを、吐き出してしまいたかった。

「う、ぐう……っ」

そのまま手洗いに駆け込み、便器の蓋《ふた》を開けた途端に胃の中のものが逆流する。

(──俺は)

何度もえずいて、胃が痙攣を起こしそうになった。苦しさのあまり涙も鼻水も、毛穴という毛穴からのどろりとした汗も出た。

(──俺は、なんてことを)

秦野。

重く深い痛みを持ちながらそれに耐え、乗り越えてきたやさしいひと。

その彼に一体、自分はなにをしたのだろう。強いてきただろう。

下らない男に振り回され、傷ついたような気分でいた自分の情けなさに、涙が止まらなくなる。

——やさしい方が、全然、気持ちいいよな……。

腕の中、そっと秦野が呟いた言葉は重く、あんなに小さな頼りない背中で、どれだけ戦って来たというのだろう。

「……たの、さん……っ！」

いますぐ死にたかった。この苦しさのまま死んだら、秦野に詫びられるだろうかと思った。いまここで自分が息をしていることさえも、許し難かった。

真芝などに傷つけられていい秦野ではなかった。一体自分は彼のなにを見て侮っていたのかと思えば恥ずかしくていたたまれなかった。

清冽で誠実で、きれいな瞳をした秦野の前では、自分の痛みなど子供の癇癪《かんしゃく》にも劣るようなものに見えていたに違いないと思えば、羞恥《しゅうち》と共に身体中を嘖《さいな》むような痛みが走った。

「秦野さん……っ」

大馬鹿だ。本当に愚かだった。恥知らずにも、こんな時になってようやく、秦野を手放したくない自分を知ってしまった。

不確かで曖昧《あいまい》なものではなく、秦野に強く強く惹かれている。肺を切り裂くようなその自覚と共に、秦野にもう、会うべきではないのだと真芝は思った。

多分秦野の望む形の幸福とか安定を、真芝は決して与えてやれない。恋は出来ても、家族にはなれない。

（――イヤダ）

悲鳴をあげるこの心さえ握りつぶせば、誰かが秦野にもう一度家族を与えてやれるかもしれない。自分ではなく、どこかの、心やさしい女性が。

（いやだ、いやだ――イヤダ！）

秦野が誰かを抱く瞬間を想像しただけで、胃の奥が焼けるようだった。見た目に反して恐ろしく恋愛体質で嫉妬深い自分のことを嫌というほど知っている真芝は、そんな資格が一体どこにあるかと己を嘲笑う。

そして、秦野のあのどこまでもやわらかな笑みを思って、床にうずくまったままの体勢で、なにも考えられずただ、泣いた。

秦野は多分、こんな真芝を受け入れる。もしかすればとうに、受け入れているのかもしれない。

それでも、だからこそ。

誰よりさみしくてだからやさしい人を、いつかうつろうかも知れない不安定な情に巻き込んで、甘えてつけ込むような真似はするべきではないと、そう思った。

出来ることならと望む心の浅ましさを、今ここで殺してしまいたいと願って――けれど、それは叶わずに。

身を切るような痛みの中で、はっきりと秦野を愛していると思ってしまう。

心配した鎌田から呼び声がかかるまで、真芝はただ己の愚かさに泣き続けるほか出来なかった。

＊　＊　＊

真芝からの連絡が途絶えたことを、秦野は当然のようにも、またひどく不安なようにも思いながら、静かで孤独な夜を過ごしていた。

不規則な付き合いではあったが、真芝が訪れると予告した日に来なかったことは一度もなかった。それがあの、書類を届けに行き、鎌田に会った日の夜以来、ふつりと音沙汰《おとさた》がなくなってしまった。

そしてもう二ヶ月が経《た》とうとしている。

不細工な衣装作りも終わり、肌を焦がすようだった日差しもやわらぎ、都会でも空が高く感じられる季節になった。

真芝に会った最後の朝、あの抱擁と、「会って」と囁いた声には、確かに秦野に曖昧ではあるけれども、痛みを伴う期待を覚えさせたのだ。

真摯な声や、初めて見せた照れた顔に、なにかが変わるような予感がした。秦野はそれを疑いたくはなかった。

鎌田の言葉にひどく驚いた顔を見せた真芝は、てっきりその夜には自分を問いつめに来るだろうと秦野は思っていた。複雑なようで、真芝はストレートだ。ありありと表情に昇らせた疑問符は、いずれ彼の言葉として秦野に向けられるだろうと思ったし、秦野もそれに答える心づもりがあった。

鎌田の口から結生子の名前が出た瞬間、ついに聞かれてしまったという思いと、いずれにせよ彼には自分の過去を知って貰いたいという願いが同時に秦野の裡《うち》に生まれて、己が知るよりも深く、彼に心を預ける自身を知ったのだ。

しかし、真芝は来なかった。

その夜には、どこか落ち着かない気分を味わいながらも、外回りがあると言っていた鎌田の言葉で己を納得させたのだけれど。

「……んせー……」

それならその翌日でも、連絡のひとつくらい入れてこいと思って、はたと気づいたことがある。

今の今まで気づかなかったけれど、真芝も秦野も、互いの電話を知ってはいても、実際かけたことはなかった。約束はいつも口頭ですまされていたし、抱き合う夜は日を置かず訪れてきたからだ。

「せんせー……?」

電話というのは不思議なもので、コミュニケーションツールに他ならないのだが、一度タイミングを外すとどうにも使いづらい道具であったりする。

秦野も、ものの見事にその例にはまりこみ、電話の前で悶々《もんもん》とする日々が続いているので、あまり深く眠れなくなっている。

それから、眠れない理由はもう一つ——。

「せんせえー……ゆうくんおしっこお……」

「はい!?」

片袖《かたそで》を引っ張られ、はっと気づくと、半べその男の子がデスクに座る秦野の隣でもじもじと足を擦《す》り合わせていた。

我に返ればそこは保育園の中で、今はお昼寝タイムである。周りを見渡せばすかすかと健康そうな寝息を立てる園児に囲まれている。

「ああ、ごめんなごめんな、トイレ行こうなー」

なるべく小声で言いながら抱え上げたゆうくんは、比較的聞き分けのいい男の子で助かった。漏らして泣き出しでもすれば、他の子供も一斉に起きてしまう。

(やばいやばい)

思いつつ顔を上げれば部屋の対角線上にいる同僚に、「寝てたのか」と目線で笑われ、秦野は誤魔化すようにひきつった笑みで応える。

「はい、しーしー……よしよし、できたね」

トイレを済ませたゆうくんを寝かしつけ、もう一度机に戻れば、開いたままの保育日誌がまるで書き込まれていない。時計を見ればお昼寝時間が始まってもうかなりが過ぎていて、一体どれだけ呆《ほ》けていたのかと思うと恥ずかしくなった。

ゆうくんに声をかけられる一瞬前、脳裏をよぎったことがことであるだけに尚更《なおさら》だ。

（だめだよなあ、これじゃ）

少し火照《ほて》った顔を手の甲で強く押さえ、ストレートに言えば自分は欲求不満なのだろうと秦野は思う。

真芝のおかげで一度火がついてしまった身体は、それが秦野の望むと望まざるにはかかわらず、彼を知る前のように平静を保つことが出来なくなっていた。

「――……っ」

想像しただけで胸が痺れて、秦野はそっと息を飲んだ。その瞬間、目覚ましにかけられていたタイマー時計のベルが鳴り、びくり、と肩を揺らしてしまう。

「はい、みんなおっきしようねー」

まだ二十代の同僚の軽やかな声を聞きながら、散漫な頭をどうにか日誌へと向け、ペンを取る。

報告を書き連ねながらも、結局は真芝のことを考えてしまって、その日の日誌は持ち帰りで書き上げる羽目となった。

秦野の眠れない夜は、それからなおも続いた。

しばらくはそれでも、真芝は忙しいのだからと思った。あの会社の目まぐるしさを自身の体験で知っている秦野は、まして鎌田の元についているのであれば、今までのように頻繁に通ってきた方がおかしいのだとそう自分を納得させようとしていた。

しかし、日に日に不安は募っていく。あの日、敵意もあからさまに自分を睨み付けてきた井川の存在も、秦野にとっては脅威だった。

すらりと背が高く、モデルのようにきれいな男だった。華やいだ空気を生まれつき身に纏っている、勝者である自分を知っている男だと感じた。

買うつもりもなかった喧嘩を思わず買ってしまったのは、井川の眼差しの中に、明らかな真芝への執着が見えたからだ。彼の歪んだ表情を真芝は迷惑そうな、不愉快そうな表情で見やったけれど、それもどこまで本気なのかわかったものではない。

ことの起こりが起こりなだけに、井川と真芝がよりを戻せば自分は用済みだと、真芝の内心の変化を知らない秦野はそう思う。

（勝手だな）

あれほど早く飽きてしまえばいいと願っていたのにと、自嘲《じちょう》の笑みを漏らしながら、腰のあたりが落ち着かない。この年で自慰をするには情けなく、また真芝への不安と不審が募るばかりの秦野には発散する方法がない。

いい加減飽きられたのだろうか。それとも井川とまた。殺しても殺しても浮かび上がってくる嫌な想像に、締め付けられるような痛みは日々激しくなるばかりだ。

熱はただ身体の奥にわだかまって、どろどろと澱《よど》んでいく。

仕事中にも発情したような身体を持て余して、園長には体調が悪いのかと訊ねられてしまった。

（結生子さん……俺ってそうとう駄目みたいだ）

気鬱《きうつ》なため息をつき、心の中でそっと、今は亡き妻に詫びる。

結生子と子供を亡くしたときの絶望は今も忘れたわけではないが、こうした類の物思いに耽《ふけ》ることはなかった。

むしろ思い出すことが切なくてつらく、なくしてしまった家族にまつわるものはすべて捨ててしまった。写真も荷物も、狂ったように処分する秦野に、江木はただ哀しそうな顔をして、止めることはなかった。

しかしそんな江木や鎌田らも、そして当時の秦野も理解していないことだったが、結生子と秦野は恋愛とは違う結びつきで繋がっている部分が大きかった。

結生子が実際には、養父の江木を愛していたことは、秦野は本人の口から聞いて知っていた。それでもいいと、結婚しようと、告げたのは秦野の方なのだ。

確かに結生子を愛してはいた。セックスもしたし、二人の子供を世界で一番可愛いと思ってもいた。しかしそれは、お互いに縁の薄かった「家族」というものへの憧れの方が勝っていた気がする。

実際、結生子とのセックスは恐ろしく淡泊なものだった。婚前には全く清らかなものだったし、結婚してすぐに妊娠の兆候が出たため、その後はキスもしなかったように思う。愛情は細やかで互いを思い合ってはいたが、むしろ姉弟のそれに近かった。

美しい妻は誇りでもあった。穏やかな暖かい日々をくれる彼女と、出来ることなら人生を共に歩んで行きたかった。秦野にどこまでもやさしかった彼女は、けれどいつも少しだけ遠慮がちでもあった。

――ゆきさん、ありがとう、ごめんね……。

それは大抵義父である江木に会いに行った日に、少しだけよそよそしく、だからこそやさしくなる結生子は少しだけ哀れだった。

その瞳が決して報われない恋を抱えていることを知っている秦野だから、なにも詫びることはないと思った。江木を好きな結生子が好きだった。自分には見せない、激しく燃える瞳は美しく情熱的で、官能的でさえあると思った。

知っているのだから謝ることも、気兼ねすることもないと結生子に告げたとき、彼女はまた、誰も呼ばない愛称で自分を呼んで、そのやわらかい胸に抱きしめてくれた。

——幸せになろうね、ゆきさん……。

どこか寂しげな瞳で繰り返した結生子の気持ちを、その時の秦野はわからなかった。なぜそんなに哀しそうに、そんな言葉を紡ぐのだろうと思っていた。

けれど、今は、その切ない響きに胸を噴まれるようだ。

ぼんやりとではあるが、結生子は江木を愛した自分を許してほしくなかったのではないかと、真芝に出会ってから考えるようになった。

忘れて、そして秦野を愛せと、そんなふうに気持ちをさらってほしかったのではないか。

そして、自分が結生子に対して抱いた気持ちが恋愛ではなかったのだと、結生子は知っていたのだろうかと。秦野自身が知らずにいた事実を、聡《さと》い彼女は理解していて、だからこそあんなにもやさしかったのだろうかと。

そうでなければ、いま秦野が井川に対して覚える嫉妬や、真芝への執着の理由が説明できないのだ。江木を見つめる結生子や、江木自身を見ていても、不安定な気持ちになったことは実際一度もなかった。ただ報われない気持ちはやるせなくて哀しいと、そう感じただけだった。

親を失い、結生子も子供も消えて、秦野は確かにぼろぼろになったけれど、それでも立ち直ることは出来た。失われゆくものがあることを知らない訳ではなかったから、鎌田に言ったように「慣れた」ことは、強がりばかりでなく、ある種の事実だった。

いずれこうなるような気がしていた、そう考えた自分が許せなくて陥った心身症は、割り切ることで決着をつけた。家族運が悪いのは、もう諦《あきら》めるしかないと。

けれど、真芝をなくすことは、その今までの絶対的な別離とは大きく異なるような気がしてならないのだ。

真芝の激しさのせいかもしれない。あんなふうに深いところまで秦野と関わった人間はいない。人肌が暖かいだけでなく熱いことを教えたのも、真芝だった。

持て余すような情欲も、あの男だから自分の中に根付いたのだ。

傷ついて哀しげで、誰かを強く求めている、そんな瞳をした人間に惹かれたという点では、真芝も結生子も変わらない。

（……でも）

決定的に違うのは、結生子には江木を好きなままでいてほしかったけれど、真芝には。

——あの激しい瞳のまま、自分を見つめてほしいと思っていることだ。

身体も、心も欲しい。

「真芝……」

眠れぬままベッドに横たわり、彼の名を口にした瞬間、腰の奥に覚えのある熱が走った。今までになく強い衝動に、じわりと瞳が潤む。

真芝はこんなふうになりはしないだろうか。あんなに強く求めてきたのに、それとももう、他の誰かを見つけたのだろうか。

「……っ」

きれいな目や精悍《せいかん》な顔立ちや、低く甘い声を思い出すまいとしても、このベッドの上で何度も揺れた彼の広い肩の残像が閉じた瞼の裏をちらついた。

「真芝……」

淫らで浅ましい身体と、こんなふうに仕立てた真芝との両方が呪《のろ》わしく、秦野は唇を噛みしめる。

「……くそ……」

火照る身体をそれでも自分で慰めることだけは、どんなにつらくてもあまりに惨めすぎて、秦野には出来なかった。

・

秋も深まり、真芝からは結局なんの連絡もなく、ある日秦野は思いつくままに鎌田へと連絡を取った。

長すぎる沈黙にはもはや諦めを覚えはじめ、本人に直接コンタクトをとることが、いよいよ恐ろしくなっていた。

『おお、やっと連絡よこしたな』

嬉しそうな鎌田の声にほんの少しだけ申し訳なさを覚えながら、せめて近況だけは知りたいと思っている自分を浅ましいと思いながら、最後のよすがは鎌田以外にはなかったのだ。

「ご無沙汰して申し訳ないです」

鎌田の携帯に電話をかけるとそこには江木もいて、代わる代わる電話に出る彼らがどれほど自分を気にかけてくれたかを知り、申し訳なさでいっぱいになる。

『幸生《ゆきお》か？……ばかやろう元気か！　顔くらい見せに来い、店にいるんだから』

江木の経営する喫茶店は、結生子と出会った場所だった。思い出が多すぎて近寄れないでいるうちに、敷居が高く感じていたのだが、相変わらずぞんざいな江木の言葉に許されているような気分になる。

「そうですね……そのうちに」

『……ちったあふっきれたか』

はじめて肯定の言葉を返した秦野に、江木はさらりとした声で笑った。

『結生子を思い出してつらいだろうが……俺たちも、忘れられるのはつらいぞ、幸生』

江木の言葉には、すみませんとしか返せなかった。鎌田にも江木にも本当に可愛がってもらった。そして彼らは、今でもあの頃の気持ちのまま秦野を受け入れていてくれるらしい。

ひとりきりだと肩肘《かたひじ》を張っていた自分が滑稽《こっけい》に思えて、笑えてくる。声こそ出しはしなかったが、電話越しの気配でもそれは通じたようで、「絶対来いよ」と念を押した江木は鎌田に交代した。

『誰の電話だと思ってるんだあいつは……俺がいるときにしろよ、秦野』

「ハハ、はい。近いうちに伺います」

笑った秦野に、満足げな吐息を鎌田はついて、ふと思い出したように「ところで」と話を変えた。

『お前、真芝と親しかったろう。……あいつ、なんか悪い病気でもなってやしないか』

「——えっ!?」

鎌田の声は真剣で、病気という言葉に心臓が嫌な痛みを覚えた。

生真面目な彼がこうしたことでタチの悪い冗談を言う性格ではないことは、秦野はよく知っている。

「ま、真芝になにかあったんですか!?」

『知らないのか?』

「最近、全然連絡がないんで——」

そうか、と言った鎌田は秦野の焦ったような声に少し驚いたようだった。

『会社には来てるんだが、どうも覇気がないし顔色も悪くてな……、だいぶ前にだが、そう、お前がウチに来た日の後だ、飲みに行ったんだが、途中で具合悪くして、吐いたんだよ』

「え――」

あの日の夜、それで真芝は来なかったのかと秦野は合点し、ほんの少しだけ安堵を覚える。しかしそれ以上に、二ヶ月にもわたる期間連絡が来ないことへの不安はひどくなった。

まさか、なにか本当に、鎌田の言うような病気だったら――。

嫌な考えに悪寒を覚え、秦野は背中を震わせた。

『……秦野？』

「あ、……あ、すいません、ちょっと、心配になって」

不自然に長い沈黙に、鎌田が訝しむような声を出し、我に返った秦野は慌てて言い募る。

「明日土曜だし、会社休みですよね？　俺、見舞いに――あ、住所しらないや」

『そうだな、……ちょっと待て、確か手帳に控えてある』

鎌田はそうして、真芝の住所と最寄り駅までを説明してくれた。メモを取りながら文字が震えていて、自覚するより動揺している自分を知る。

「あの、有り難うございました。また連絡しますから」

『ああ、なんでもないようだったら教えてくれ』

「はい、じゃあまた」

気の急いたような慌ただしい切り上げ方にも、鎌田は自然に応じてくれた。そして、社内とプライベートで人間関係を切り分ける鎌田が手帳にまで真芝の住所を記しているということは、案外に気にかけている事実を物語っている。

鎌田を尊敬する秦野にはそれは嬉しく、真芝にとって喜ばしいことだとは思いつつ——心の違う部分で、ももやする自分を否めない。

「重症だな」

鎌田にまで妬《や》く自分の心理状態を、自嘲気味に口にして、手元にあるメモに目を落とす。先ほどの鎌田との電話では明日と言ったけれど、そんな悠長な気分ではない。

時計を見れば、午後の九時を回ったところだった。これから向かえば、充分電車のある時間に戻ってこられるだろう。

「心配……だし」

この期《ご》に及んで言い訳がましく呟く自分に、違うな、と秦野は苦笑する。それなら電話ひとつかけて、どうなのだと訊ねれば済む問題だ。具合の悪いところに押し掛けてしまえば、迷惑である可能性も高い。

ただ、会いたい。

顔を見てすぐに帰ればいいことだ。手早く身支度を整え、もう一度電話に手を伸ばして、結局はやめた。

なぜかはわからぬまま、電話をすることによって真芝が逃げるような、そんな予感がした。

「……行こう」

自分の中の逡巡を振り切るように秦野はそう呟き、真っ直ぐに顔を上げて、真芝の元へと足を踏み出した。

＊　＊　＊

一方の真芝は、体調を崩したわけでは勿論《もちろん》なかった。

ただ、秦野を振りきらなければと思い悩むあまりうまく眠れないだけのことだ。あれほど打ち込んでいたはずの仕事にも身が入らず、周り中に心配と迷惑をかける羽目になっている。

不幸中の幸いというか、鎌田に『韋駄天』で吐いたことがばれているため、体調不良のせいだと思われているらしい。

恋煩《こいわずら》いで腑抜けているよりは、まだしも健康管理がなっていないと見なされる方が少しはましだ。

真芝の住むマンションは独身者用で、秦野のものほど広くはない。思えばあの間取りは、亡くなった奥さんと子供の為の空間だったのだと思い、性懲りもなく痛む胸をアルコールで誤魔化した。

もともと酒にはそう強くない真芝だったが、秦野を思うと少しも酔うことが出来なかった。ただ不愉快なむかつきが募り、吐いて体力を消耗し、ようやくそれで意識を失うことが出来た。

気を紛らわすために誰かと付き合おうという気も起きなかった。秦野じゃない、そう思っただけで気力が萎《な》える。

「このままいくとアル中だな」

昏い瞳のまま嗤《わら》って、飲むごとに濃くなっていくグラスの中身を揺らした。

自分がここまで女々しく情けない人間だなどとは知らなかった。いつでも強気で、弱みなどないと信じていた真芝には、いまの自分は唾棄《だき》すべき存在でしかない。そしてますます、秦野に合わせる顔などないと落ち込んでいく。

井川のときにも思い知ったが、案外に自分は打たれ弱く落ち込みがひどい。それを自覚しただけでも良しとするかと、やけくそのように真芝は思う。

どこまでもやさしい秦野の身体を抱きたかった。情欲だけでなく、あの細いけれどやわらかな、不思議な感触の暖かさに満たされたくてたまらなかった。

そう思う気持ちが強いほど、身勝手なことに、秦野から連絡が来ないことにも落ち込んでいる。

結局強引にことを強いていたのは自分で、彼はただ仕方なく受け止めていたに過ぎないのだと思い知らされるようだった。

声だけでも聞きたいと、何度か電話をかけようと思ったこともあったが、そんなことをすればきっと自分は堪えがきかなくなるだろうと、コール音がなる前に切り上げるのが常だった。

恋い焦がれるという言葉の意味を、その気持ちを、はじめて知った気がする。本当に理屈ではないのだなと、他人事《ひとごと》のようにぼんやりと真芝は思う。

この先、どうにか立ち直って、その時に秦野が幸せでいてくれたら——会いにいけるだろうかと、埒《らち》もないことを夢想して、泣きたいような笑いたいような気持ちになる。

「未練だな……」

口に出すだけで恥ずかしくなるような台詞を吐いて、煙草をくわえた。酒に焼けた喉には突き刺さるような刺激に、喉がつまって咳《せ》き込んでしまう。

「……うっ」

目の前がくらくらして、もういっそ幻覚でもいいから秦野に会いたいと強く願った。鼻の奥がつんと痛くて、また咳《せき》が出る。

胸が苦しいのは止まらない咳のせいか、秦野のせいだろうか。アルコールに霞《かす》みはじめた頭で、最後にまともに思考が繋げたのは、そんなばかなことだった。

チャイムの音が遠くに聞こえ、隣のうちかなと真芝は寝返りを打つ。居間のソファで、着の身着のまま横たわっていたせいか覚醒《かくせい》時に背中がぞくりと震えた。

「……っ、頭イタ……」

起きあがった瞬間に、殴られたような衝撃が走る。これはしかし風邪と言うよりもアルコールのせいだろう。身体的には、滅多なことで寝込むほどヤワではない真芝だ。

がんがんと響くそれに追い打ちをかけるように、またチャイムが鳴らされ、そのはっきりとした音色に、隣ではなく真芝のドアフォンが鳴らされているのだとようやく気づく。

「……っだれだよ、もう……」

どうせこの時間となれば妙な勧誘かなにかに違いない。無視しようと思っても繰り返されるそれに、のろのろと立ち上がり、確認するのも面倒で不機嫌な顔のままいきなりドアを開けた。

「なんだよ!?」

「……っうわ!」

外開きのそれにぶつかりそうになった影は小さな声をあげて後ろへ飛びすさる。声音が秦野に似ている気がして、鈍った思考が一瞬ひどくクリアになる。

(――まさかな)

しかし、真芝からは死角になったドア横の外壁に逃げた姿がそっと現れた瞬間、深酒と寝不足に痛めつけられた心臓が苦しいほどに収縮するのを感じる。

「あの」

ほんの少し首を傾げるようにして、真芝を見上げているのは、紛れもなく秦野だった。

「えと、……具合、大丈夫なのか？」

「――え？」

真芝には意味の分からない問いかけでも、耳にするだけでくらくらする。

「いや、なんか鎌田さんから吐いたとかって聞いて……、大丈夫か!?」

深く息を吸い込んだ瞬間、みっともなくも噎《む》せかえって、秦野は慌てたようにその細い腕を差し出してきた。

「ごめん、あがるな。寝てたのか？　ごめんな？」

後ろ手にドアを閉め、玄関にうずくまって激しく咳き込む真芝の背中をそっとさすり、秦野は心配そうに覗き込んでくる。

「……秦野、さ……！」

しかしその瞬間彼は、鼻の頭に皺を寄せ、眉をきつく顰めた。

「おい……お前ひょっとして凄く飲んでる？」

匂いでわかったのだろう。赤らんだ瞳も苦しげな呼吸もそのせいか、と秦野は呆れたような声を出す。

「まあいいや、とにかく横になってろ。水汲《く》んできてやるから」

「っ、い、です……」

まだおさまらない咳のせいで断ることも出来ず、やや強引に背中を押されてリビングへ入るなり、秦野は更に顔を顰めた。

酒気と煙草の煙と、そしてここ数日の荒れた生活を物語る澱んだ空気に、秦野は黙ってベランダ近くのサッシを開ける。

そして、ひょいひょいと見回した後にキッチンを確かめ、とにかく座れと言い置いて細い脚を進めてしまった。

（なんで、こんなところに、このひとが）

その間にも混乱のひどい真芝はろくな反応も出来ず、呆然と秦野の去った方向を見るばかりだ。

やがて幻覚でもなんでもない、生身の秦野が適当なグラスに水を入れ、なにやら怒ったような顔で戻ってくるに至って、ようやく現実を認識する。

そして、真芝は身体中に走る電流のような痛みを堪え、表情を強ばらせたまま秦野から目を逸らした。

「水、これ」

俯いた視界に入る、忘れられずにいた白く細い指に、酒に焼けた喉がひりつくようだった。

秦野の顔を見ないままに受け取り一息に干すと、彼は無言のままもう一度キッチンに向かう。

再び秦野が目の前から消えて、脱力したようにソファの背にもたれ、そのままずるずると横たわった真芝は、きつく目をつぶる。

鎌田がこのところの真芝の不調を気にかけてくれているのは知っていたが、まさかそれが秦野に伝わるとは思わなかった。そして、いっそ腹が立つような気分になってくる。

必死で、忘れようとしているのに、諦めようと思っているのに、どうしてなにもなかった顔で手を差し出すことが出来るのだろう。

秦野にとって自分はその程度かと思い、なにを今更と真芝は自嘲した。

彼はやさしい。本当にやさしいのだ。残酷で、いっそ無慈悲なほど。

あの気むずかしい鎌田でさえ手放しでそう評したのだ。なによりこんな馬鹿の我儘《わまま》に半年も付き合い続けたことが、その証拠じゃないかと真芝は自虐的に考える。

（まずい）

自分が飲むほどにローになっていき、果ては無茶な行動に出ることは当初の出会いが物語っている。あの昏い衝動に飲まれてしまう前に、どうにか秦野を帰さなければと身を起こすと、今度は濡れたタオルを手にした秦野と目があってしまった。

「あ」

「頭痛いんだろ、これ当ててれば気休めになるから」

ごく普通の声でそんなふうに言ってみせるから、真芝の言葉は喉奥に引っ込んでしまう。ひんやりした感触は確かに心地よく、添えられるときにかすかに触れた秦野の指に震えてしまった。

「冷たかったかな」

濡れタオルで目元までを覆ったせいで秦野の表情は見えなかったが、笑みを浮かべたことはその声音でわかった。

「ばかだなもう、こんなになるまで飲んで……あんま強くないじゃないかお前」

けれど続いた言葉はほんの少しくぐもって聞こえ、誘惑に勝てないまま真芝はそっとタオルをずらす。

思うよりも近くで覗き込んでいた秦野の憂い顔に、錐《きり》で刺されたような痛みが左胸を襲った。なぜそんな切なそうな顔をするのか、そう訊ねようとした瞬間、秦野はぽつりと呟くように言う。

「また、……井川のことでなにかあったのか？」

そのときの気持ちを、どう言い表せばいいのか真芝にはわからなかった。

ただ目の前が昏くなって、腹の奥からこみ上げてくる嫌な、熱い塊が、自分の表情を恐ろしく変えていくのだけはわかった。

「あんたには関係ないだろ‼」

反射的に、そう怒鳴りつけた。実際に胸を満たしているのは怒りよりもやるせなさや哀しみだった。

秦野はわかっていない。なにもわかっていない。この先もおそらく真芝のことを理解してはくれないだろう、ただそんな気持ちにすべてが支配されて、逸らした視線の先にいる秦野がどんな顔をしたのかまでは気付けないでいた。

「うん、そか……」

しかし、聞いたことのないような色のない声で、口調だけは明るく秦野が呟いたとき、反射的に真芝は振り返りそして、ただ息を飲んだ。

濡れて黒々とした瞳はいつも澄んでいて、真芝の暴力も苛立ちもすべて受け止められ、それなのにいつまでも濁ることがなかった。

強く貫けば泣きながら腰を踊らせ、淫らに声をあげるくせに、どこかしら泣き顔には清潔な印象があった。

秦野の幼げな顔立ちや、彼の中に残るもの慣れなさとか、そういう素《す》の部分が淫らな時間の最中にも時折現れるから、そのギャップがひどくそそる感じがした。

そういう表情なら、いくらも知っていた。

けれど実際には、もっといくつも違う顔を持っている人なのだと真芝は思い知る。

「ごめんな、押し掛けて」

ふ、と見たことのない表情で笑った秦野に終わりの気配を感じて、真芝は目を見張った。そして立ち上がる秦野を追うように、慌てて身を起こす。

「じゃ、帰るわ」

口調も表情も穏やかで、それだというのに見えない壁がふたりを隔てるのを感じ取る。ほとんどは乱暴に、一度だけそっと抱き寄せた細い肩に、どうしてか指が伸ばせない。

「――あ」

肩の肉が落ちた気がした。痩せたかもしれない。直感的に自分のせいだと感じて、それでも真芝は声さえもかけられない。

秦野もまた、表情を強ばらせたままの真芝のためらいを、読みとることは出来なかった。

わかっていたつもりだったけれど、結局自分たちは身体でしかろくに会話をしたこともなかったのだなと改めて気づく。

触れあわなければ、なにを思い、なにに安らぎ、なにに傷つくのか、そんなものがまるで見えてこない。

せめて指だけでも触れあえればわかる気がするけれど、頑《かたく》なな気配を纏った真芝には触れてはいけない気がして、小さなため息《いき》をついて手のひらごと痛みを握りしめた。

長い沈黙があって、無言のふたりは足下ばかりを見ていた。

せめて向き合うことが出来ればと思いながら、今ではなによりも怖くなった互いのことを、真っ直ぐに見る勇気がないまま。

「——真芝」

口を開いたのはやはり秦野だった。呼びかけても返らないことを知っていたかのように、いらえを待たないまま彼は笑って言った。

「元気でな」

「——！」

青ざめたままの顔を上げた真芝を、秦野はもう見ていなかった。

静かに目を伏せ、きびすを返す姿を、このまま見送ればいいのだとは真芝にもわかっていた。

それなのに。

「——送る、から」

勝手に、指先が細い腕を摑んでいた。揺らぐ大きな瞳は一瞬見開かれ、そして「仕方のない」と言いたげな表情になる。

やさしい、この顔は、幾度か見たことがあった。まだ春浅い頃、一方的に抱きつぶして、すげなく去ろうとする真芝にいつも、秦野はこんな表情を見せた。

決まってそういうときに秦野は、掠れた声でこう言った。

——次、いつ？

同じ唇はしかし、慣例のようになっていた台詞の代わりに、やんわりとした拒絶を告げた。

「いいよ、大丈夫だよ」

息を飲んだ真芝に、伏し目したまま微笑む秦野の気持ちは見えなかった。そして秦野にも、今までの強引さをなくした真芝の気持ちを汲むことは出来ない。

「——送る！」

それでも、向けられた薄い背中をそのまま見送ることなど出来なくて、唇を噛みしめた真芝は歩き出す秦野を追って靴を履いた。

「いいってのに」

真芝には苦笑さえ滲ませる秦野に、薄い膜がかかったように思えてならなかった。張りつめた横顔を隠せない自身を省みることも出来ないまま、言葉なくふたりは夜の道を歩いた。

静まり返った街並みにはふたりの靴音だけが響く。

言いたいことは互いに溢《あふ》れ出しそうなほど胸にあって、それでも口に出した途端にすべてが壊れてしまいそうな気がして、時折に重いため息を零すほかには口を開くことさえなかった。

俯いたままの視界には黒く粘ついたアスファルトがどこまでも続いている気がしたけれど、やがて地下鉄の入り口を示す標識が近づいてくる。

辿り着かなければいいと、実際にはふたりとも思っていて、それでもあらかじめ壊れていた関係になんの希望も見いだせないまま、地下鉄に降りる階段の入り口でしばらく立ちすくむ。

「もう、いいよ」

真芝のマンションを出て初めて口にした秦野の言葉は短く、声音はあっさりとしたものだった。笑ってさえみせたのに、真芝は変わらず硬い表情のまま無言で首を振る。

「おい、真芝」

そして、先に立って階段を降り始める真芝に、秦野は仕方なさそうな吐息をこぼして後に続いた。

薄暗い地下鉄の構内は深夜とあって人気《ひとけ》も少なく、眠そうな駅員が改札横にひとりいるばかりだった。最終電車まであと数分という時刻を意識しながら、秦野は連絡駅までの切符を購入する。

そして、これが最後だと、秦野は真芝の整った顔をじっと見上げた。

きつい眼差しに何度も肌を煽られた。長く整った指先に気が狂うほどの愛撫を施され、泣きながら縋った広い肩先の厚みを、手のひらが覚えている。

肉厚であるのに酷薄な印象の唇には数え切れないほど触れて、それでもろくな会話もしたことがなかった。

思いつめたような眼差しで秦野を見つめる真芝もまた、今夜限り触れられなくなる秦野の細い身体や、手のひらに包めそうな小さな顔立ちを網膜に焼き付けようとしていた。

身体の両脇《りょうわき》に下がった長い腕はわずかに震え、自身を戒めるように固く拳《こぶし》が握りしめられている。それを視界の端に留めた秦野は、ごく静かな声で最後の言葉を口にした。

「それじゃあ」

言葉は、静かな空間に反響する。背を向けた秦野に、真芝は何一つ言葉をかけることが出来ない。

小さな背中は頼りなく映るのに、少しも弱くはない。きれいに背筋を伸ばして、確かな歩みで真芝から遠ざかっていく。

このまま見送れば、その歩みに似た静かで力強い、そして清冽な人生が待っているだろう。ほんの一時身を任せた男のことなど忘れて、やさしく穏やかな、秦野に似た女性と新しい家庭を築くこともあるだろう。

（……だ）

この先あの大きな、澄んだ瞳に真芝の姿は映ることがない。あっては、いけないのだ。誠実に生きる秦野に、真芝の存在は重い汚点になりかねない。

（……いやだ）

呼吸が苦しくて、無理矢理押さえ込んだせいで咳が出た。喉に絡む痛みを堪えて滲んだ瞳をこらし、改札口で立ちすくんだままの真芝は、いつも以上に小さく見える秦野を必死で見つめた。

「……っ」

咳が。

「――真芝？」

止まらずに肺を軋《きし》ませて、長身を折り曲げるようにして真芝は咳き込む。自動改札を通り抜けた秦野は激しくえずくようなそれに気づき、心配そうな顔をして振り向いた。

(駄目なのに)

そのまま、振り向かないで行ってしまってほしいのに。

あのいつでも濡れているような、黒い大きな瞳は苦しげに胸を押さえる真芝へと歩みを戻し、手すりから身を乗り出すように覗き込んできた。

「大丈夫か？　やっぱり、具合よくないんじゃないのか？」

ああだから、そんな顔を見せないでくれと真芝は思う。滲んだ涙の膜に歪んでも、暖かな眼差しは真芝を射貫《いぬ》いてしまう。

(駄目なのに――……！)

息を飲むような音が耳元で聞こえ、暖かく両腕を満たす存在を強く捕まえながら、胸の中で叫んだ言葉と裏腹の告白は勝手に口から転がり落ちていく。

「――え」

「行かないで」

上擦り震える、鼻にかかった自分の声に真芝は驚いたが、秦野はそれ以上に驚いているようだった。

「――真芝……？」

「ごめんなさい、行かないで……頼むから」

咳は治まったというのにいつまでも目元は熱くて、細い肩口に押しつけると、じわりとそこが濡れていく。

「は、……秦野さんが、すき…好きなんです……好きなんだ」

抱きしめているはずの腕は、いつしか縋るようなものへと変わっていた。

掠れてごく小さな涙声は時折裏返りさえして、みっともなくどもったことなどなかった真芝は恥ずかしさに顔が熱くなった。

それでももう、恥などないと思った。ひどいやり方で貶めてきたこの人の情を得るために、いつまでもぐずる子供のような今の自分以上にみっともないものなどないと思った。

「……まし」

「お、……俺と、付き合ってください！」

なにごとかを言いかけた秦野を遮り情けなくひずんだ声で真芝は叫ぶように言った。

中学生でもあるまいに、なんだこの情けない告白は。そう自分を嘲《あざけ》っても、もう頭を働かせる余裕などどこにもなかった。

「……好きなんだ」

腕の中の秦野は一瞬びくりと背中を強ばらせ、その後長い息を吐きながらその力を抜いた。

背中に腕が回され、真芝は期待に高鳴った胸が痛いと感じる。

しかし、秦野の口から紡がれた言葉は、真芝の予想とはまるで違うものだった。

「……っかだなあ、やっぱり酔っぱらってんのか？」

「――え」

軽すぎるほどの声音に混乱し、背中を宥めるように叩《たた》かれて、真芝は目を丸くする。未だ涙の乾かない瞳で秦野の表情を窺《うかが》おうとすると、耳元に「いいから」と鋭い声で囁かれた。

横目に見やると改札横の窓口にいる駅員が抱き合う男ふたりを怪訝そうに眺めている。気づいた秦野は「見るな」ともう一度小さく制して、くぐったばかりの改札にもう一度小さな紙片を滑らせた。

「もういいよ、終電も間に合いそうにないし、やっぱお前のとこ泊めてもらうよ」

瞳だけは笑わないまま衒《てら》いない声を装って発せられる声は、明らかに不思議顔の駅員に聞かせるためのものだった。

確かに普段使う駅の構内でこんなことをしでかしては、気まずいのは真芝の方だった。そ

して、こんなことでまで秦野に気遣われてしまう事実と、どこまでも冷静な彼とを同じほどに苦く感じる。

「行こう」

改札のこちら側に現れた秦野は、俯いたままの真芝の広い背中に手のひらをあてがい、歩き出すように促した。真芝は無言のままその腕に従い、重い歩みを進ませる。

改札を離れ、人気のない階段の踊り場に上がったあたりで秦野は不意に歩みを止める。

「おまえはさ」

そして、長いため息とともにこぼれ落ちた声は、確かに震えていることに真芝は気づいた。

「なんで、ああいうこと、するんだよ……!?」

「秦野、さん」

振り向き、骨細い肩を震わせながら両手で顔を覆った秦野を見つけてしまえば、真芝の両腕はそれを抱きしめるために伸べられてしまう。

「お前が毎日来るとこだろ、使う駅だろ!?　顔でも覚えられたらどうするんだよ！」

今度は同じ温度で背中へと回された腕に安堵しながら、真芝は顎の下にあるさらりとした髪に顔を埋めた。

「秦野さん……」

きつくしがみつくように秦野の腕は真芝の背を抱いている。細い指の与える痛みを甘く感じながら、形よい頭の上に何度も真芝は唇を落とし、髪を撫でた。

「飽きたんだと思った」

胸元に顔を埋め、くぐもった声で呟く秦野の不安そうな声は、長い間連絡をしなかった真芝への恨み言だと知れた。

それは少なくとも、真芝が秦野へ向けた情が一方的なものではないということを教えてくれる。

じわじわと指先まで染み通る嬉しさに震える唇でそっと耳朶を噛みながら、どうしてと真芝は問いかける。

「お前みたいに派手なやつが、いつまでも俺なんかにかまってる方がおかしいんだって、ずっと、はじめから思ってた」

強情に噤む口を唇で湿らせ開かせると、潤んだ瞳と声で秦野はそんなことを言う。

「前のやつ、井川……だっけ、性格は最低っぽいけど、モデルみたいで……あんなのと付き合ってた男が、俺に捕まるなんて思わないじゃないか」

「俺は、そんな」

あんな最低な人間に今更、そう言った真芝の言葉は、秦野の恨みがましい言葉に叩き落とされる。

「わかんねえじゃんよ！　俺はお前のことは、身体しか知らないんだから……！」

痛いところを突かれて、真芝は押し黙るしかない。

「ふられて、やけくそになって、行きずりの俺のことめちゃくちゃにするほど好きだった相手なんだから、なんかの弾みでよりが戻ったっておかしくないって考えるだろ普通！」

一言もなく、苦い顔で唇を嚙みしめた真芝に、秦野は零れそうに潤んだ瞳で言った。

「そうなったらそれはそれでしょうがないって思ってたよ……思ってたのに」

不安定な顔でつれない態度で、それでもやさしく激しく抱かれ続けて。

ほだされないはずがないだろう。

「お前は若いしかっこいいから……すぐ相手だって見つかるだろ、でも」

身体のその重みも、匂いも、覚えてしまったのに。

さみしさを埋める激しさに救われていると気づいてしまったのに——。

「おまえが俺のこと捨てたら、俺は、誰に抱いてもらえばいいんだよ……」

「——……‼」

自嘲するような泣き笑いの顔の秦野の言葉に、真芝は胸を摑まれる。引きつったような呼気が漏れるばかりの唇からはなにひとつ、彼を宥め、落ち着かせるような、気の利いた言葉は生まれては来なかった。

ただ強く腕を引き、肩を抱き寄せたまま、また階段を昇り始める。

「なんだよっ！」

「俺のうちに戻ろう」

高ぶった声で抗《あらが》う秦野の腕を逃がさないように掴んだまま、真芝は気の急いたような声で言った。

「多分俺が、あんたに言いたいことは、誰かに聞かれたらまずいことばっかりだから」

「もうそんなの、今更だろ……」

それでも、隣にある確かな体温に、その細い声に、眩暈《めまい》のするような熱情と、欲を抑えきれなくて。

「——まし……」

地上へ続く階段の中ほどで、誰かに見咎められたらもう言い訳のしようがないような、淫らで熱く、そして長く甘い、そんな口づけを真芝は秦野へと贈った。

＊　＊　＊

さっき閉めたばかりの鍵を開ける瞬間、真芝の指が小刻みに震えているのは秦野にはわかっていたが、それを指摘する気にはなれなかった。

ドアを開き誘われ、靴を脱いだ瞬間にその震える指が身体を縛《いまし》める瞬間を、うっとりと目を閉じて受け入れる。地下鉄の階段で奪われた唇には、待ち望んだ口づけが幾つも落とされた。

けれど表情を裏切り、濡れた黒い瞳からは大粒の涙がこぼれ落ち、あわせた唇に苦みを与える。

「ごめんね、秦野さん」

その涙への掠れた声の謝罪は、しかしむしろ秦野を傷つける。

「な、んで……？」

涙の苦さを噛みしめたような声で囁いた真芝に、泣き濡れたままの瞳が丸くなる。青ざめてどこか幼い表情を浮かべる瞳の端に口づけ、真芝はもう一度「ごめん」と告げた。

「離せないんだ」

「まし……」

「好きなんだ……ごめん……っ」

きつく腕に閉じこめられ、言いかけた秦野の唇を、言葉ごと、真芝は激しく舌を絡めることで塞《ふさ》いだ。

「あ、謝るなよ……謝るくらいなら、もう……」

少し硬い真芝の髪の感触を指先で確かめながら、涙の滲む瞳にまた薄笑みさえ浮かべて秦野は言った。

「もう、離すなよ……っ」

語尾は崩れて、涙声になる。痛ましいような表情を浮かべた真芝に、秦野は口づけをねだった。

「好き……真芝……」

「っ……秦野、さ」

「もう、関係ないとか、言うなよ……っ」

「ごめん、言わない、絶対」

どこにも行けないくらいに拘束してほしい。真芝のいない自由など、なんの輝きもない。

「好き、すき……もっと……」

もっと強く――愛してほしい。

ひとりになんかもとから、なりたくはなかったのだ。

「あんたの子供、俺が産めたらいいのに」

笑いながら、哀しいほどに真摯な響きで真芝がそう言うので、秦野は笑いながらまた涙を零した。

「そしたらあんたの全部、俺が幸せに出来るのに」

続く言葉にはもう胸がつまって、笑みは崩れて情けない顔になってしまう。

「ばかだな、もう……」

およそスマートな真芝に似合わないその言葉だけで、もうなにもいらないと思えるのに。

「子供は、保育園の子たちと――お前で、もう、手一杯だよ」

秦野はそう囁いて、シャツを剝《は》がす指を邪魔しないように伸び上がり、自分だけのものになった唇をそっと、吸い上げたのだ。


真芝のベッドで寝るのははじめてで、見慣れない間取りに少しだけ戸惑いながらも、骨が軋むほどに抱きしめられれば、安堵の息が零れていく。

半端に残る衣服を急いた手つきで脱がせながら、真芝の唇はすでに硬くなった胸へと吸い付いてきた。

「あふ……っ」

小さなそれを舌で転がされ、秦野は切なく腰を揺らす。もうずっと我慢してきた身体はじんと痺れて、とにかく早くと、そればかりを願った。

覆い被《かぶ》さってきた男の下肢に触れた手は離さず、時折に息を飲む真芝の表情を薄目でうかがった。

焦《じ》れている秦野を知っているくせに、真芝は緩慢な愛撫を施すばかりで、濡れ始めたセックスには手も触れない。

促す言葉の代わりに、汗の滲む若い肌を秦野は小さな舌で撫でる。身震いした真芝が端整な指を含ませるので、舌を絡めて懸命に吸った。

「んふ……ん、ん……ッ」

腰の奥を抉る動きに似た指先に、身体中で真芝を感じたいという餓《う》えはひどくなる。触れられもしない場所は淫らな動きを繰り返して、秦野は小さく喉を鳴らした。

「真芝」

秦野の唾液に濡れたまま、胸を撫でるやさしい指は嬉しいけれど、どこか物足りないのも事実だった。

異常でない程度に被虐的な性癖を教えたのもこの男なのに、それを満たせるのも真芝だけなのに。こんなに淫蕩な身体を、真芝なしにどうやって満たせばいいのか、秦野にわかる筈もない。

「……真芝……」

早くもっとどうにかしてほしい。

高ぶりを訴えている長い脚の間にある細い指で、ねっとりとした仕草でさすりながら自嘲気味に秦野は笑った。

そして、開かれた長い脚の間に顔を寄せていく。

「!……ちょ、秦野さ……」

真芝はひどく驚いて、秦野を引き剝がそうとした。大概なことを仕込んでくれた真芝だったが、こうした奉仕だけは抵抗が強いと思ったのか、一度も強要されたことがない。結局真芝は暴君にはなりきれないと思うのはそんなところだ。

「舐《な》めていい？」

「で……も」

戸惑うような真芝に、くすりと秦野は笑った。

いま両手に包みこんだものを、何度身体に入れたと思っているのだろう。

「これ……俺の、でしょ」

悪戯《いたずら》に笑って、先端をそっと舐める。もう既にこれは秦野のものだ、今更抵抗もなにもあったものではないのに。

「あ、ちょ、ま……！」

「ふ……」

慌てる声が聞こえたが、かまわずそのまま含んでみる。しばらく舌で遊んだ後、幾度か見たことのあるアダルトビデオを思い出して顔を動かしてみた。

（あ、動いた）

人間の身体の中で最も鋭い触感を持つのは、指先に次いで舌だという。絡ませたそれの上で生き物のように跳ねるこれが、いつもあの場所で暴れているのだと思うと、下肢がじわんと熱くなった。

「んっ……ん、ん……」

興が乗った秦野が熱心に舐めしゃぶるさまを、真芝はしばらく呆然と見ていたが、こみ上げてくるものにはやはり勝てないようで、時折に腰を揺らして呻《うめ》いている。そのたびに喉に圧迫感を覚えたけれど、秦野はやめようとはしなかった。

ただ、どんどん切ない熱がたまる身体がもどかしいだけだ。

爛《ただ》れたような熱を訴える身体の奥にそのきれいな指や、いま口の中にある熱いセックスをねじ込んで、壊れるくらいに揺さぶりながらキスしてほしい。

あからさまで浅ましい欲望はさすがに言葉には出来なかった。ただ見上げる涙目で訴えると、真芝は秦野の求めるものを理解したようだった。

「そうだよね」

薄く微笑んだ瞳には諦めと情念と、拭《ぬぐ》い去れない痛みのようなものが溢れていて、秦野を切なくさせる。秦野の顔を上げさせ、濡れそぼった唇をやさしく指で拭いながら、ことさらに甘くひそめた声で真芝はそっと告げた。

「こんないやらしい身体して、今更普通に女の人抱けやしないよね……？」

揶揄《やゆ》に混ぜ込まれた苦い後悔は知らないふりで、その首筋へと秦野は腕を絡ませる。

「俺が欲しい？……セックス、したい？」

「――ッ、そうだよ……！」

指の先まで痛むような苦しさを誤魔化すように、見交わした視線を外さないまま唇を触れ合わせ、息が止まりそうな口づけを交わす。

唾液を啜り合いながら、奪うのではなく、引き返せない官能の深みを与えようと躍起になったのは互いに同じだ。

「めちゃくちゃにして……おかしくなるまで感じさせてやるから」

濡れた唇をほどいた真芝に小さく卑猥でやさしい微笑を浮かべられ、秦野は期待に震えた。

導かれた両手を自分の胸に触れさせられ、自分の指だというのにひどく感じて息を飲む。

「ここ、自分でしてて？」

「あ、……あっ」

初めは恥ずかしさから強ばっていた指も、我慢できずにじわじわと動き始める。つんと尖ってしまった胸は真芝の舌で濡らされていて、指でそっと擦るとぬるりとした感触があった。

「そうするのがいいんだ？」

「やっあ……！」

つまみ上げるようにして指先で揉みしだく秦野を揶揄するように、耳朶を震わせる声で真芝は囁いた。

「今度から、そういうふうにしてあげるよ」

半ば立ち上がったセックスには真芝の長い指が絡みついていて、けれど与えられない決定的な刺激を求め、秦野は細い腰をその手のひらに押しつける。

「ま、しば、真芝、真芝……っ」

震える肉の間をかすめる指はしかし、決して踏み込んで来ようとはしない。焦れったい、と浮かせた腰を咎めるようにきつくセックスを握られ、秦野は声もなく仰け反った。

「もおっ……して……してくれよぉ……！」

狭間を指先でつつくだけで離れていく真芝のそれに、切ない疼《うず》きはひどくなるばかりだ。身悶《みもだ》えながら訴える秦野を眇めた瞳で見つめ、真芝はまた微笑んだ。悪戯っぽい表情にはなにかを企むような色があって、半泣きの表情を秦野はさらに歪める。

こういう真芝の顔はよく知っている。そしてこの顔を見せた後には、大抵はろくでもない命令を下してくるのが常だった。

「手、こっち」

「あっ……」

甘くやわらかな声を出した真芝は、言葉と裏腹の有無を言わせない強さで胸をいじらせていた秦野の両手を下肢へと導かせる。

「ほら、ちゃんと持って」

そして、開かせた両足の裏側にそれを与え、自らの手で秘部を晒すような卑猥なポーズを取らせようとした。

「や、ちょっ……やだよ、こんな……！」

さすがに身を捩って抵抗をみせた秦野に、決して強くはない語調で、だが逆らうことを許さない声音で真芝は言う。

「だめ。……してほしいんだろ？」

細い指に自分のそれを絡め、もう一度真芝は脚を開かせる。

「いじってほしいとこ、ちゃんと見せて」

「……っ」

恥辱に唇を噛みしめながら、真芝はなにかを自分に捨てさせようとしているのだと秦野は感じた。

今までにないほどの痴態を取らせて、秦野が本当に自分を選んだのかどうか、まだこんなやり方で試そうとしているのだと。

（ばかやろう）

一人で不安がって傷ついては、いつもいつもこんなやり方しか出来ないのか。

出会いの頃となにも変わりはしないじゃないかと胸の中で毒づきながらも、口元には苦笑に似たものが浮かび上がる。

だったら見せてやろうと思う。

誰かの代わりでなく捌《は》け口《ぐち》でもなく秦野を欲しいというのなら、もう受け入れるばかりではいられなくなる。

業が深いのは、執着が強いのはどちらの方なのか教えてやると声には出さずに呟き、秦野は震える両手に力を込めた。

「ここ……」

声が震えるのは仕方がないことだと思う。精一杯開いたつもりの両足も、妙な力が入って細かく痙攣していた。

見られる。見ている。真芝が、あのきれいな目が、あさましく息づく恥ずかしい部分を舐めるような視線で見つめている。

「ここ……に、さ、触って……」

開いた脚の間がひどく涼しいのは、熱を持って濡れているせいだ。餓えた感じに息を飲む音が聞こえ、秦野のものか真芝のものかわからなかった。

きっととんでもなくみっともない己の姿を想像するだけで、恥ずかしさと異様な高ぶりが晒された箇所からわき上がってくる。

「真芝ァ……早く……っ！」

濡れた目で誘った真芝は、驚いたように目を見張ったきり動く気配もない。呆れられていたらどうしようかと不安になった秦野は、しかし固く目を閉じ、上擦った声で促す他になにも出来ることはなかった。

「……はたのさん」

「――ア、ッ」

じくじくと疼く場所にそっと、真芝の声と吐息がかすめ、次いでぬるりとしたものが宥めるように触れてくる。

「あ、あ……ッ」

「あんたって、ほんと……予測つかないことばっかする」

真芝の指に広げられ、空気に晒された粘膜が冷たいと感じる暇もなく舐めあげられ、ぬめぬめとしたものが狭間に押し込まれては去っていく。

「ほんとに……たまんないよ」

「いう……んっ、ア、イイ……！」

じわじわと染み込んでくる唾液に内壁が潤みはじめ、引きつりながら身を捩れば、自分の体内の複雑な隆起が擦れあう感触にさらに喘ぐ羽目になる。

びくり、びくりと不規則に震える脚が閉じてしまいそうで、指を食い込ませるようにして支えるが、それも次第にあやしくなってくる。

「――なかも舐めてほしい？」

「ひ――イッ」

物欲しげな収縮を繰り返すそこにじわじわと指を差し入れながらのくぐもった声に、秦野は悲鳴じみた声を上げて不自由な腰を蠢かした。

「ふ――ふう、ウ……！」

内部を擦りながら奥へと進む指はそのままに、真芝の舌は痛いほどに張りつめたセックスへと這い上がった。空いた片手を伸ばし、触れられぬままぴんと立ち上がった左胸の隆起をつまみ上げる。

「んあ――ア、あんんッ！　ッン！」

もっとも感じる場所を同時にいじり回され、秦野は激しく頭を振った。身体中の血が沸騰するような感覚に怯え、強すぎる快感に苦しささえ覚えてしまう。

「いや、や……ア、やあああ……！」

涙が止まらず、視界も意識もどろどろと蕩けていく。我ながらぎょっとするような卑猥な声が出て、羞恥に一瞬正気に戻るが、体内で複雑に蠢く真芝の指にそれも阻まれる。

吐精して終わる真芝自身とは違い、その整った指はいつまででも秦野を嘖む。それでいながら極めようとする感覚を逸らし続けるから、つらくて仕方なくなってしまう。

痛みがあるのではなく、絶頂感がおさまらないのだ。秦野の身体は本来の性器よりも、真芝の指がこね回している内奥で達するようになってしまっている。

「ま、しば、真芝……っ」

脚を支える腕はとうに外れて、シーツの上を意味もなくのたうっている。水揚げされた魚のようにびくびくと身体が跳ね上がって、呂律《ろれつ》も怪しくなった口でそれでも毒づいて見せた。

「おま……もうっ……いー……加減、しろっ……！」

涙の溜《た》まった目元には迫力などなく、真芝を煽るような悩ましさだけが浮かんでいるとは知らぬまま、秦野は掠れた声で男を急かし、ねだった。

「もうギブアップ？……だめだよ」

「も、や……疲れる……っ」

「うそつき」

含み笑って言いながら、欲しくて仕方ないものが疼く部分に押し当てられ、秦野はそれだけで達しそうになる。唇を噛んで堪えれば、また涙が出た。

「ごめん、泣かないで」

後悔したような、包み込むような声であやされて、真芝の舌に乗る自分の涙はどんな味だろうと思う。

「やりすぎた？　ごめんね？」

「ん、んうっ……あっ」

耳に甘い、ぞくりとするような声で宥める言葉を吐きながら、真芝がゆっくりと入ってくる。

「あん……」

痺れるような感覚を味わいながらなぜか、身体の興奮とは裏腹の安堵が広がっていく。堪えきれずに出た声は、格段に甘くて、真芝を喜ばせたようだった。

「秦野さんの声、いいよね」

「ん……？」

「腰に来る。いやらしいこと、いっぱいしたくなるよ」

それはこっちの台詞だと、耳朶を噛まれ囁かれながら思っても、唇からはまた切ない呻きが漏れてしまう。

真芝は今までないほどに時間をかけて秦野の中へと自身を埋め込んだ。カタチ憶えて、などと下らないことを言うので、もうとっくだと睨み付けながら締め付けてやる。

「なのに……──ほったらかしやがって」

「……ッう、……ごめん」

短く喘いだ真芝に感じながら、秦野はその背中を強く引き寄せた。

「久しぶりなんだから、……もっとやさしくしろよ」

「！……秦野さん」

逃げたりしないだろうと、頬をすり寄せる。もうこれ以上涙顔を見せたくない気持ちもあった。声でそんなことはばれているのだろうけれど、自分が泣くたびに、真芝は切ないようなので。

「寂しかったんだから……っ」

「……ごめん」

ちくりと胸が痛んだ瞬間、繋がった場所も呼応して、同じリズムで呼吸が乱れる。

確かめるみたいに抱かなくてもいいと秦野がきっぱり言い切って、真芝はもうただ、堰《せき》を切ったように甘い愛撫と口づけでそれに応える。

「ん……ん、まし、ば……っ」

突き上げられながら必死に肩へと縋り付き、秦野は真芝の名を呼び、唇を求めた。引き延ばすように動きを止めた真芝を咎めるように、秦野の内壁がひくひくと震えている。

そのままがむしゃらに身体を走らせ、熱い肉が擦れあうことで生まれる愉悦を味わう。

「ん……まし、あ、いや、……やあ……っ！」

「どうしたの？……いいの？　だめ？　痛い？」

細い腰を捩り、背中を仰け反らせた秦野の唇からなにもかもを忘れたような嬌声が迸《ほとばし》る。

問い返す真芝の声はやさしげではあっても、官能を深くするための声色《こわいろ》なのは明白だ。証拠に、動きはますます複雑に、淫蕩な刺激を送り込んでくる。

「あん、い、イイ……ッ！　っい、っあ、あっあっあっ」

ぬめった音を響かせる下肢から、ねっとりと濃厚な快感が生まれる。激しさに怯えながらも秦野は逃げようとはせず、切れ切れの声で訴えた。

「っと…おっき…の…もっと……！」

「――……ッ」

恥知らずな台詞は、しかし望み通り真芝のそれを体内で育てるのに成功したようだった。

「秦野さんって……」

吐息混じりの真芝の声は呆れているのか感嘆しているのか判別がつかなかった。そのどちらでもあるのかもしれないが、今はそんなことはどうでもいいと秦野はひたすら腰をくねらせる。

「……っ、いく、もぉいく……！」

「もう、ちょっと、待って……」

頭が痛くなるほど顔が火照って、こめかみの脈が激しくなる。顔を顰めた秦野に、真芝は唇を寄せて囁いた。

「待てたら、いくとき中にするから」

「ひんっ……」

真芝の腹に擦り付けていたセックスをきゅっと握られ、放出はないまま、感覚だけが軽い絶頂感を覚える。

「スキでしょ、……出されるの」

「……やっ……！」

口に出してねだったことがなかったのに。

知られていたのが恥ずかしくて、それだけでも感じて仕方ないのに、痙攣の激しくなるそこを熱く滑らかな感触が擦り立てるから、秦野は声も出ないまま淫らに身体を揺らすしかない。

「ふ――は、あ……！」

インターバルが長かった上に、明らかにいつもと違う真芝の愛撫で、骨まで溶けてしまっている。

「あ――来る……！」

真芝の息が荒くなって、脚の間にも作為が加えられ、自分の上で揺れる男の首筋にゆるく嚙みついたときだった。

「――好きだ……」

泣いているみたいな声で、ぽつりと真芝が言うものだから。

「……んあ……！」

身体が気持ちに引きずられて、欲張りな肉はほおばった真芝をしゃぶり尽くすように蠢いてしまい、主導権は秦野の手に握られてしまう。

「あ……――ッ」

待ち望んだ暖かさに潤されながら、耳朶に嚙みついた真芝の最後の声は、どこか悔しそうだった。


重なり合ったまま荒い息を整えていると、真芝がぐったりと体重をかけてくる。

「重い……」

「ん……ごめん……」

ひどく疲れたような声に、そういえば真芝は具合が悪かったのではと慌て、顔を見れば、じっと見つめてくる真芝がいる。

「な、に？」

まだ体内に残る彼をその瞬間思わず締め付けてしまい、秦野は少し慌てた。

「だめ、まだいさせて……」

「でも……」

身じろいだ身体を押さえ込まれ、耳元に口づけと囁きが降りてくる。

「お、おまえ、具合悪いんじゃなかったっけ？」

「やけ酒飲んでただけ……運動したから抜けたよ」

既に硬度を取り戻したそれはひくひくと震えていて、秦野はますます顔が赤くなっていく。

「なに、赤いよ？　どうしたの？　あんなやらしいことしたのにまだ恥ずかしい？」

「だ……って、あれは……」

勢いというか衝動に飲まれてしまえば開き直れるが、こんなふうに穏やかに抱きしめられたままの体勢は初めてで、正気付いた秦野にはいたたまれない。

「俺、井川とはなんでもないから」

うろうろと視線をさまよわせていると、真摯な声で真芝はそっと告げた。

「ほんとにあれっきりで、切れてるから、……信じてくれよ」

「……ん」

少し拗《す》ねたような物言いが可笑しくてつい微笑むと、信用していないと思ったのかむっとした顔で腰を引く。敏感になったままのそれは総毛立つような感覚をもたらして、秦野は首をすくめて抜き取られるそれに耐えた。

「信じられないなら、ずっと見張ってて」

「……んっ」

そしてまたゆっくりと押し入られ、秦野の開いた両足はふるりとさざめき、乱れたシーツに新しい波紋を生んだ。

「いままで、ずっとサイテーだったけど、やさしくさせて、俺に」

「ああ、あんっ……っあ、ああ！」

聞いたことのないほどの甘い声に答えたいと思うのに、秦野の唇からは既に言葉にならない喘ぎばかりが零れていく。

「好きだよ」

「やあ……っ！」

ゆったりと揺らされているだけなのに、身も世もなく悶える秦野になにを思ったのか、ほんの少し意地悪な声で真芝は訊ねる。

「さっきもちょっと思ったけど……秦野さん、好きって言うと感じるの？」

「しゃ、しゃべっ……んな、あ！」

得たりとばかりに耳朶を甘噛《あまが》みして、吐息混じりに囁く真芝はもはや自分のペースを取り戻したようだ。

「耳そんな弱かった？　カワイイよね、ほんと……」

「うそ、嘘ばっかっ、あ、やだ耳……っ舐め……！」

ほんと、と頬や瞼にも口づけられ、他愛ない接触なのにそれでも秦野は腰を震わせる。言葉でも、繋がったままの身体でも、真芝が秦野をやさしくやさしく扱うので、激しい愛撫よりよほど感じてしまった。

（なにこれ）

心で感じるそれは、皮膚感覚の刺激より何倍もイイ。覗き込んでくる真芝の視線は、どんな体位をとらされるよりも恥ずかしかったけれど、揶揄の色はなくただ愛《いと》おしそうに和らいでいて、きりきりと胸が苦しくなった。

哀しいわけでもないのに、心は凪《な》いでいるのに、涙が出た。その瞬間真芝が表情を強ばらせたのも、なぜなのか今はわかる。

「気持ちいい……」

抱いていて欲しいと腕を伸ばせば、すくい上げるように背中を抱かれた。ゆらゆらと揺らされる感覚は甘く鋭いのに、眠ってしまいそうな安堵感がある。

「俺ね、真芝……なんにもされなくても、見ててくれたらイけそう……」

「……え？」

その言葉に、真芝の頬に差した赤みが増したのは、言葉の内容よりも甘えきった秦野の声と腕のせいだろう。真芝の少し硬い髪を撫で、高い鼻先にそっと唇で噛みついて、濡れてとろりとした眼差しで先をねだる。

「して……見てて、ずっと」

淫らで、どこかあどけない言葉を吸い取るように、真芝はそっと唇を重ねていく。

その先はもう、同じようでいてひとつとして同じもののない、そんな声や感覚をふたりで育てあって、爛れてろくでもない、それでも誰に恥じることない行為に、溺《おぼ》れていった。

SABOTAGE

晩秋の空気は冴《さ》えて、どこか清涼な感じがする。冬の朝に訪れるあの、目覚めに鼻の先を冷たく痛ませるほどの厳しさはなく、眠りに甘く蕩《とろ》けていた肺の奥をすがしくするような透明さを、秦野《はたの》はこよなく好んでいた。

遅寝をした朝はことにそうで、しらじらとした陽光にほどよくぬくもった大気が身体《からだ》にもやさしく、いつまでも布団の中で丸まっていたいような気分になる。

まめに日に当てている布団は清潔にやわらかく、自分の体温と馴染《なじ》んだそれに鼻先をつっこんで、まるで子供のようにぐずぐずとしていたくなるのだ。それは真面目で几帳面《きちょうめん》、かつ穏和で大人と評される秦野幸生《ゆきお》の、ささやかに過ぎる幸福の時間である。

（……ん？）

誰も知らない怠惰《たいだ》に甘えたその習慣のまま、薄い肩を竦《すく》めて布団に潜り込もうとした矢先、なにか硬い、それでいてあたたかく弾力を持ったものにぶつかった。

（なんだ、これ……）

訝《いぶか》しく思いつつも、まだ半分眠りの中にある秦野の頭は判断力もまともに働かないままで、眠りの余韻《よいん》に痺《しび》れたような手のひらを伸ばす。

指先に確かめたそれは、ぬくみがあり滑《なめ》らかで、上質な革のような手触りがした。

「うん……？」

少ししっとりとしているのが心地よくて、ぺたぺたと幼い手つきで撫《な》でていると、それは突然動く。なんだろうと思うよりも先にしっかりと強いものが腰に巻きつき、そろりと引き寄せるような動作をする。

「ん、あ？」

「起きました……？」

寝ぼけた声をあげた秦野に、含み笑ったような声が落ちてくる。喉《のど》の奥を震わせるような低い、そして甘いものを含んだその声音《こわね》に、今度こそぱちりと目が開いた。

「あ」

「おはようございます。……身体、大丈夫？」

ぽかんとした顔で間抜けな声を出した秦野に、小さく笑ったのは真芝貴朗《ましばたかあき》だった。吐息が触れるほどの距離にある端整な顔の持ち主に、起き抜けから蕩けきったような笑みを向けられて、秦野の顔が一気に赤くなる。

そうして、無防備に撫で回していたそれが、真芝のはだけた広い胸と気づけば、横たわったままでも目が回りそうになった。

「あ、あ、あれ？　俺……なんで」

自分の発した声が恐ろしく掠《かす》れているのは、どうも寝起きのせいばかりではないようだ。一言呟《つぶや》いただけでもひりついた痛みが喉に絡んで、動揺も相まって秦野は少し咳《せ》き込んでしまう。

「まだ寝ぼけてるかな。あんまり、寝てないですもんね」

喉は平気？　と問いかけて、真芝の大きな手のひらが秦野の細い喉に触れた。揃《そろ》えた指をこめかみの下にあてがわれ、かすかに違う体温を感じてぞくりとなるが、熱を確かめただけでその端整な指は去っていく。

「今日……仕事、行けそう？」

「あ、え？　仕事って、……あっ！」

（そうだ昨夜、俺、見舞いに来て……それから）

心配そうに問われて、ようやく秦野は現状を認識する。

「土曜日、休み取ってないでしょう？」

「う、あ、……うん」

日曜は基本的に休みではあるが、そのほかは申請制の不定休であることも、彼は知っている。真芝から強引に仕掛けられた身体だけの関係とはいえ、秦野は最低限仕事のスケジュールに響かないようにしてくれと頼みこみ、仕事のシフトについての説明もしていた。

（うわ。俺、まるっきりそれ、頭になかった）

昨晩はそれなりに理性的に考えていたつもりでも、やはり正気ではなかったのだろう。衝動任せの行動を今更に思い出せば、身の置き場のない気分になる。

「時間、そろそろだから。あのとき俺、結構ぎりぎりだったし。急がないと」

「あ、そ、そっか、そうだな」

あげく真芝の言葉で、この朝が、二ヶ月前とはまったく逆のシチュエーションとなることに気づいてしまえば、紅潮した頬《ほお》が熱くなった。

あれはまだ、夏の名残《なごり》が肌をひりつかせていた夜のことだ。予告したわけでもなく突然訪れてきたこの男と、風呂場で服が濡《ぬ》れるのもかまわず絡みあって、勢いのままはじめて、共に朝を迎えた。

いままでの触れあいとはなにか、決定的に違うものをお互いに感じてもどかしく。

傷つけるためではない、ぎこちないような抱擁と口づけを交わした朝、ほんのかすかに気持ちを通わせたような、そんな気がして——しかし、真芝とはそのまま、会えなくなっていた。

焦《じ》れて、鎌田《かまた》に近況を訊《き》こうと電話をすれば、真芝が寝こんでいるようだと知らされた。心配を理由に部屋を訪れ、これで終わりになるのかどうかと問おうとするより先、伸ばした指を真芝は振り払った。

——あんたには関係ないだろ!!

すげない言葉に、傷つくよりも先に、諦《あきら》めを覚えた。もう、終わりなのだと——あらかじめ、自分たちの間には失うものも終わりにする関係さえもなかったのだと、今更思い知った気分だった。

それなのに真芝は、拒んでおきながらも秦野を駅まで送ると申し出て、ばつの悪そうな横顔に、これも最後だからかとそんなふうに、笑いさえこみ上げたのに。

——ごめんなさい、行かないで……頼むから。

信じられないような言葉で情を請われて抱きしめられ、決壊を迎えた秦野の心は、真芝の身勝手さもなにもかもを許してやりたい自分を認めた。

押しかけて、拒まれて。去ろうとしたら捕まえられ、地下鉄で人目もわきまえずに告白してきた男を窘《たしな》めたのは自分のくせに、地上へ向かう階段の途中、口づけられて拒めなかった。

それどころか、もっとと指を縋《すが》らせたのは秦野の方だ。

そして堰《せき》を切って溢《あふ》れる愛《いと》おしさのまま泣きすがる男の背中を抱き返し、もう後先もなにも考えられないまま、はじめて訪れた部屋で延々、むつみ合っていたのだ。

一息に思い出した昨晩の出来事は、秦野にしてみれば憤死ものの記憶である。

（は、恥ずかしい……！）

泣いて縋って、なじる言葉を口づけに宥《なだ》められて。十代のかわいい女の子ならばともかく、いい年をした大人の、しかも男がやらかすことではないだろう。

「……っ、けふっ、うっ」

「あの、本当に大丈夫⁉」

そこまでを考えた段階で秦野は叫びそうなまでの羞恥《しゅうち》に身を揉《も》まれ、さらに咳き込む羽目になった。背中をさすってくる真芝はひどく心配そうで、それもまたいたたまれない。

「だ、だい、じょぶ。そ、それより、いま、何時？」

「七時ちょい。ここからなら、やっぱり一時間くらいですよね」

「……うう」

ぎりぎり間に合うと思うけれどと告げられ、この日は朝九時からの早番シフトだった秦野は、耳まで赤くしながら唸《うな》る。

（なにやってんだ、俺、ほんとに）

いたたまれないまま俯《うつぶ》せにシーツを握りしめると、指の先が寝間着《ねまき》の袖《そで》から少しだけ覗《のぞ》いて、服の中で身体が泳ぐような感じがする。

（これ、真芝のパジャマ、だよな）

しかし自分で着替えた覚えはない。昨晩はもういろいろとぐちゃぐちゃで、抱きあったあとのことがまるっきり、頭から飛んでいる。風呂に入った記憶もむろんのことだ。

それなのに、普段行為の後で感じるような肌のべたつきであるとか、下肢の不快感はまるでないし、シーツも清潔に乾いている。

では誰が自分の身体を清め、きちんと下着から寝間着の上下まで着せて、きれいなベッドに寝かせたのか。

（って、真芝しかいねえじゃんよ……！）

答えは考えるまでもないけれど、改めて意識すると頭から火が噴きそうで、秦野は意味もなくシーツの上に爪《つめ》を立ててもがいた。

本当はこんなふうにぐだぐだとしている場合ではない。飛び起きて着替えて走って行かなければ、仕事に間に合わなくなってしまう。

「どうします？　車でJRの駅まで行けば、少しは余裕できると思うんだけど」

真芝もそれをわかっているのだろう。場合によればタクシーでも呼ぶかと、案じる声で問いかけてくる。うん、と頷《うなず》きつつもしかし、秦野は突っ伏したまま動けない。

（まずい、よなあ……これは）

焦ってもいい、というか焦るべき事態であるというのに、気分がふわふわとしたまま、肌は火照《ほて》り、四肢に甘ったるい熱が満ちている。

身体に問題があるわけではない。ただ自分は、ここから動きたくないのだ。

これはだめだ、これはまずい。秋のすがしい空気を吸って気分を切り替えしゃっきりと、出勤すべきコンディションに自分を持っていかなければいけないのに、少しもその気になれそうにない。

「悪い。電話貸してくれるか？」

ややあって、喉に絡んだままの声で秦野が告げることができたのは、どうにかそれだけだ。

「ああ、だからタクシーなら、俺が電話を」

「そうじゃなくて……」

持てる理性も自制心も、すべてを総動員した結果、これはもうだめだろうと、秦野は潔く諦めた。

おのれを律することにはほどほど自信があっただけに、秦野は少しばかり打ちのめされていた。内心の葛藤《かっとう》を表し、力なくかぶりを振る秦野に、すっと真芝の気配が硬くなった。

「まさか、具合悪い？　ごめん、俺」

「や、そうじゃなくて」

加減できてなかったかもしれないと、詫《わ》びる声がワントーン低くなった。焦りを滲《にじ》ませたようなそれに、秦野はもう一度かぶりを振ってみせる。

「ごめん、あの。……俺、今日、休みにする」

もごもごと伝えたそれに、真芝の気配がさっと硬くなった。おそらくあの端整な面差しは青ざめ、またいらぬ後悔に強《こわ》ばっていることだろう。

「やっぱり、具合が……」

「そ……そうじゃ、なくて……っ」

そんな顔をさせたかったわけじゃない。そうじゃなくてもっと。

秦野は胸に渦巻くとんでもない羞恥心と自分の甘さと、そして真芝の鈍さにも煮えきりながら、喘《あえ》ぐような声で言葉を紡《つむ》いだ。

「お、おまえ休みなんだろ？　だから」

「はい。それがなにか？　あ、看病したほうがいいですか」

心配のあまり、ただただ赤くなっている秦野の顔色にも気づけないらしい男の指を、手探りで探し当てる。

「そうじゃねえよ、だからっ」

「え……？　あ、あの？」

そこでようやく、真芝はなにかを察したようだった。ちらりと横目に窺《うかが》うと、切れ長の瞳《ひとみ》が丸くなっていて、端整な面差しが少しばかり幼く映る。

死ぬほど恥ずかしいのだが。昨晩の自分を絞め殺して、真芝にも忘れろとわめき散らしたいくらいにいたたまれないのだが、それ以上に。

そんな顔をする真芝と、こんな日くらいは、もう少しだけ。

「い、一緒にいていい、か？」

長い指の先、人差し指と中指をまるで子供のような仕草できゅっと握って、秦野は聞こえるか聞こえないかわからないような、そんな小さな声で告げてみる。

案の定真芝は、喉がつまったような声を出し、しばし沈黙した。握りしめた指の先が、ややあっていきなり熱くなるから、秦野はますます恥ずかしい。

「は、……秦野、さん？」

じわっと嬉しさが滲んだ声で名を呼ばれ、耳まで赤くなりながら秦野はさらに布団に潜りこむ。

「め、迷惑なら、ちょっと寝てから、帰るから」

もぞもぞと丸くなりながらそう告げると、快活な笑い声に上掛けごと抱きしめられる。

「そんなこと、言ってない。いてくれるの？　お仕事サボって？」

「サボりって言うな……」

それについてはちょっとどころでなく良心の呵責《かしゃく》はあるのだ。

本当なら今日は、希少な男手として園内の壊れた遊具を修理するよう頼まれていたし、なついてくれている子供たちと一緒に遊んでやる約束だってしていた。

だがどっちにしろこの身体のだるさでは、いずれも叶《かな》えてやることはできないだろう。言い訳と思いつつ胸の裡《うち》で呟き、背中にのしかかった重みを秦野は受け止める。

(ごめんな、あっくん、まいちゃん)

ゆき先生、今日はこの男の方が大事みたいだ。かわいい教え子たちに心で詫びて、ぎゅうぎゅうに抱きしめてくる真芝の腕の中、そろりと寝返りをうって手を出す。

「真芝、電話貸せ」

「うん……」

「うんじゃなくて、電話っ、貸せってば……重い！」

うんうん、と生返事のままの真芝は、秦野の抗議が照れ隠しだということもとっくにお見通しのようだった。

しまりのない顔をしてもやっぱり崩れることのない男前は、見たこともないような顔で笑っている。うっかり見惚《みと》れた秦野の声は、赤らんだ頬も相まって、迫力のないことこの上ない。

「もお、でん、……んっ⁉」

「ん」

そのまま音を立てて唇を啄《ついば》まれ、起き抜けのキスなど経験のない秦野はさらにじたばたと手足をもがかせる。

「ばかっ！　顔も洗ってないってのにっ」

「はいはい。なにか食べます？」

くすくすと笑ったご機嫌な男は、それでようやく秦野を解放した。今更照れなくてもいいのになどと呟かれ、聞けたものかと起きあがり、あたりを見回して子機を発見する。

（くそ……裾《すそ》が引きずる）

立ち上がると、ゴムウエストとはいえ幅も丈も余りすぎる寝間着は、秦野には持て余す。上着の方も肩が完全に落ちきって、Vラインの襟《えり》元はボタンを全部留めても胸元がかなり開いていた。

（でかいんだよ……）

今更ながら体格の差を思い知らされつつ、覚えたナンバーを押すと、ほどなく電話は繋《つな》がった。

「あ、おはようございます、秦野です。園長先生ですか？　え、ええ。ちょっと風邪で」

掠れきった声は秦野が思うよりも体調の悪さを訴える効果があったようで、仮病をでっち上げるよりも先に、相手に案じられてしまった。

「はい、ええ……いえ、たいしたことはないんですが、子供たちに感染《うつ》すとまずいので」

今日は休ませてほしいと告げると、ゆっくりしてくれとのねぎらいの言葉が返ってくる。

『寒くなってきましたからね。お大事に』

「はあ……申し訳ありません……では、はい」

謝罪の言葉は心から発したものとなる。なんとなく肩を落としたまま電話を切り、秦野はひとつ息をついた。

（もう本当にすみません）

あの保育園に勤めて、病欠——しかも仮病で休むのは実のところはじめてだ。細身で華奢《きゃしゃ》ではあるが、秦野は本来丈夫な方で、ひどい風邪が流行《はや》っていてもほとんど罹患《りかん》したことがない。

こんな色ぼけた理由で仕事を休むなど、新婚のときにもなかった。自分がどれだけトチ狂っているのか改めて自覚させられ、少しばかり情けなくなる。

「なあ、洗面所、どこ？」

しかしそれも、背後からじっと窺う男の視線の前に霧散《むさん》する程度の気鬱《きうつ》でしかないのが、よけい恥ずかしいのだ。

「そこのドア。タオルは棚の上。ああ、歯ブラシは新しいの使ってください」

「ああ、悪い」

使わせてもらうと歩きかけたところで、真芝が慌てたように「待って」と言った。

「あの。着替えなんですけどね、どうします？」

「うん？　どうって？」

電話の間に、真芝は既に着替えを終えていた。秦野が「昨日着てきたのがあるだろう」と目顔で言うと、彼は精悍な頬を少し気まずそうに赤らめる。

「いや……なんか、かなりぐちゃぐちゃになっちゃってるんです、よね」

「あ……」

言いにくそうにした真芝の手にあったものは、確かに言葉通りよれた皺《しわ》がついている。

昨晩、勢いのまま玄関先で身体をまさぐられ、ベッドに倒れこむまでに転々と散らしていたそれらの衣服は、とくに皺になって困るものではない。だがやはり昨晩の情事を匂《にお》わせるものを、そのまま身につけるのはためらわれた。

「これ、洗濯しますから。俺の服、適当に着てて？」

「わかった……」

これについては恥ずかしいのはお互い様のようだ。なんとなく目を逸《そ》らしたまま赤くなって、真芝の用意したシャツとパンツを受け取る。

(これもがぼがぼなんだろうなあ)

極力細身のものを選んだのであろうけれど、袖も裾も相当折り返さねばならないだろう。見苦しいが贅沢《ぜいたく》はいうまいと思いつつ、ふと気づいた秦野はおそるおそる、問いかけた。

「あのさ。歯ブラシ……って、買い置きだった？」

「いえ？　昨夜近所のコンビニで。……ああ、それと」

濁《にご》した言葉の先にあるものを、真芝も察したのだろう。さらに彼は顔を赤らめ、うっと息をつめた。そして秦野をなるべく見ないようにしたまま、早口に言う。

「いま秦野さんが穿《は》いてる——下着も、ついでに」

「そ、そうか」

ぎこちなく頷《うなず》くと、真芝はなぜか眩《まぶ》しそうに目を細め、そして微笑《ほほえ》んだ。やわらかな表情を認めれば、ぼわ、と顔から火が噴くような気がして、ろくろく返事もせずにそそくさと秦野はその場を辞する。

背後の真芝も恐ろしく照れているような気配があり、口の中で思わず悪態をついた。

「ちっくしょ……照れんなよ。こっちも恥ずかしい」

感染ったじゃないかといっそ恨みがましいような気分にもなり、それからはたと気づく。

今朝起きてからの真芝はずっと笑っていて、あんなにも機嫌のよさそうな彼ははじめて見る。それにどこか、言葉遣いまでもいままでとは違う。

（あんな、丁寧な話し方、聞いたことないんだけど）

そして、かつてぼんやり想像したとおり、朝の日差しだとか快活な笑みは、彼の精悍な顔立ちにはよく似合っていた。

「あの顔は反則だろ」

いつも怒ったような顔で、瞳には傷ついたような翳《かげ》りを帯びた真芝しか、ずっと知らずにいた。だからいま、やわらかく細めた眼差《まなざ》しがどうしようもなく甘いことに、こんなにも驚いてしまう。

ましてそれが向けられたのが自分と知れば、恥ずかしさもひとしおだ。がしがしと歯を磨き、赤くなった顔を冷水で幾度も洗って、秦野はどうにか動揺をおさめようと努めた。

案の定着替えてみれば、シャツは大きくてもどうにかなるものの、コットンパンツの方がやはり、腰が一回り以上余っている。

「ウエスト、尻《しり》でぎりぎりかよ」

だいたい秦野は腰が細すぎるのだが、いくらなんでも体格差がありすぎだろうとむっとしてしまう。これでは一頃流行った、腰履きと言うにもどうかという、下着が丸見えになる若者の着こなしのようだ。

「なあ、ベルト貸して……ん？」

ずるずるのベルトラインを摑《つか》んで引き上げながらリビングに戻ると、真芝がテーブルの上を片づけていた。数種類の酒瓶と、パッケージを破ったつまみのたぐい、それから山と積み上がった吸い殻をゴミ袋に分別している後ろ姿に、なんとなく違和感を感じてしまう。

「どうかしました？」

声をかけられ、秦野は広い背中にぼんやりと見惚れていたことに気づいてはっとなった。

「や。あの、ベルト。貸してくんない？」

長い脚をジーンズに包み、ラフなコットンセーターを羽織った姿も目新しいが、それ以上に、日常の雑事をする真芝というものが奇妙に感じられたのだ。とくに整えることもしていない前髪のせいだろう、普段よりもずいぶんと印象が若々しく感じられる。

「ああ、やっぱり大きすぎか……ちょっと、待って」

さらりと流れた前髪をかき上げる仕草にも目を奪われる。そのまま身を翻《ひるがえ》した真芝はいったん寝室に消え、戻ってくると革ひもを編んだようなタイプのベルトを差し出した。

「これならホールがフリーだから、調整利くと思うんだけど」

「んじゃ、借りる。つーかこれ締め上げると、ボンタンみてえになりそうだな」

田舎のヤンキー小僧のような、ぎゅうぎゅうに締めつけたウエストに苦笑して秦野が思わず呟くが、真芝はその言葉に首を傾《かし》げた。

「ボンタンってなんです？」

「なんでもねえよ」

真芝の世代では改造学ランなどはあまり、縁がないものだったのだろう。なんとなくジェネレーションギャップを感じていやな気分になり、秦野は小さく嘆息した。

そのままぺたんこの腹を押さえて、ふと思いつく。

「なあ、腹減らない？」

「ああ、すみません、片づけたらなにか食べに出ます？」

汚くしちゃってて、本当にすみませんと今更に謝ってくる真芝に、突然押しかけたのはこちらだからそれはかまわないと苦笑して答える。

「んじゃさあ、おまえ掃除してなよ。俺、なんか適当に作るから」

「えっ!? い、いいです、そんな」

もとはきれい好きなのだろう。一度片づけはじめるといろいろ気になってしまったらしく、秦野を気にしつつもきちんと掃除もしたい様子なのは見てとれる。

「いいから。まだだいぶかかるだろ？　台所借りるけど、かまわないか？」

「でも、まだ洗い物も」

案外几帳面なのだなと感心しつつも、やはり真芝のイメージにそぐわなくて笑いながら
「ふたりでやった方が早いだろう」と告げると、はにかんだような笑みが返された。

「じゃあ……お願いします」

「ん、わかった」

軽く頷いて流しに向かう。シンクには先ほど真芝が片づけた空の酒瓶とグラスのたぐいが雑然とおさまっていて、まずはと秦野はそれを洗いはじめた。

（そういえば、なんでこんなに飲んだのか、訊きそびれたなあ）

やけ酒と彼は言っていたけれど、その理由はいったいなんだったのだろう。秦野はかすかに首を傾げる。

井川《いかわ》のことではない、と真芝は言っていたけれど、相当に思いつめてもいたようだ。あのスタイリッシュな青年が、なりふり構わない様子でいただけでもそれは察せられる。

（もう一回、訊《き》いてもいいのかな……でも、鬱陶《うっとう》しいだろうか）

関係ないと切り捨てられた台詞《せりふ》は存外苦くて、ほんの少しまだ胸が痛い。それでも、あの言葉は撤回してもらったし、少し落ち着いたら訊《たず》ねる機会もあるだろう。

昨晩もらった情も言葉も、疑うにはあまりに情熱的でまっすぐなものだった。多分、あの痛々しい涙は、信じるに値する。

「なんか作るったって……なんもねえじゃん」

洗い物を済ませて冷蔵庫を覗くと、中身は見事にろくなものがなかった。忙しい仕事をこなす独身の男となれば、まあ致し方ないのだろうがと、秦野は吐息する。

ちらりと窺った真芝はこちらに背を向け、リビングに掃除機をかけていた。

(買い物してくるって言うと、また遠慮しそうだしなあ)

道すがら確認したコンビニは——秦野の下着を購入したというあの場所だ——このマンションの通り向かいにある。手早く済ませれば五分もかからないだろうとひとり決め、秦野は真芝が背を向けている間に自分の財布を摑み、こっそりと玄関を出たのだ。

簡単な朝食を作れる分、と思ったけれど、なにしろ真芝の台所には調味料もろくにない有様《ありさま》で——やたら凝ったスパイスなどはあったのだが、どれも賞味期限が切れていた——味噌《みそ》や醬油《しょうゆ》などを買いこんだため、荷物が相当にかさばってしまった。

「米もないってのはありかよ……」

まとめて抱えるには結構な重さのそれに、昨晩の疲れを引きずった腰は怠《だる》く、だぶついた服の裾を踏みそうで怖いやらで、思ったよりも時間がかかってしまった。

とはいえ時間にすれば三十分足らずのものだろうけれど、ひとの家の鍵を開けっ放しで来たのはまずかっただろうか——と、のんきに考えていた秦野が玄関を開けた瞬間だ。

「秦野さんっ！」

「え？　ええっ⁉」

ものすごい形相の真芝が大股《おおまた》に近寄ってきて、秦野は思わず腰が引けてしまう。

「どこにいたんだよ⁉　いきなりいなくなるから、心配して——……って、それ」

「か、買い物に……なんかおまえ忙しそうだったし、すぐに済むかと思って」

「あ……ああ、そう……」

両手に溢れそうな買い物袋を確認し、真芝はがっくりとその場にしゃがみ込んだ。

「あ、ごめんな。鍵開けっ放しで——」

脱力しきったように長い膝《ひざ》に顔を埋め、深々と吐息する真芝に秦野は戸惑う。なにかそんなに驚かすような真似をしたかと首を傾げていると、取り乱した自分が恥ずかしいのか、真芝は苦い表情を浮かべた。

「んなこたどうでもいいですよ……ああ、びびった」

疲れたように呟いた彼はそのまま立ち上がり、秦野の手から重い荷物を取り上げて背を向ける。怒らせてしまっただろうかとその後ろを追いかければ、テーブルの上に食材を置いた真芝は相変わらず少し怖いような顔で振り返った。

見慣れた不機嫌そうな表情に、一瞬だけ秦野が怯《ひる》むよりも早く、長い腕が伸ばされる。痛いような抱擁に突然巻きこまれ、驚きながらも秦野は赤くなった。

「突然いなくならないでください……」

「あ、……ごめん。声、かけようかと思ったけど」

耳元に落とされた声があまりにも弱々しいもので、自分が考えている以上に真芝は繊細《せんさい》なのかもしれない、とふと思う。

(逃げたと、思ったのかなあ)

そんなことはしないと、言葉でなく告げるために、おずおずと広い背中に腕を回してみた。

抱擁に応えるのは――それが行為の最中でなく、情を伝えるために腕を伸ばすのは、まだ数えられるほどの回数でしかないから、なんだかぎこちなくなってしまう。

「ごめんな。……冷蔵庫、空っぽだったから」

「うん」

「メシ作るにも、これじゃなんにもできないし。でもおまえ忙しそうで、言いそびれた」

「……うん」

宥めるように真芝の背中を軽く叩いて、本当に子供をあやしているようだ、と少しおかしくなった。言わずもがなの言葉でも、きちんと伝えて安心させてやらないと、拗《す》ねてぐずって大変なのは、真芝も園児も同じかもしれない。

「今度から、ちゃんと言うから」

「そうしてください」

仕上げには、ちゃんと目を見て笑いかけてやる。相手が落ち着いたのを見計らって、そうっと腕をほどくのも、子供を寝かしつけるときと同じ仕草だ。

ただし、親愛の情を伝える口づけをするのに、秦野の方が伸び上がらなければ届かないという点だけは、子供にするようにはいかなかったけれど。

＊　＊　＊

気恥ずかしいような小さなハプニングをやり過ごし、秦野が食事を作り終える頃には、既に時刻は昼に近かった。

「うわ、すごい」

「ってほどのもんじゃないだろ。誰でもできるよこんなもん」

テーブルに並べた食事に目を丸くした真芝に、照れつつも秦野はやんわり笑う。

具だくさんの根菜を入れた豚汁に、これはもらい物で流しの下の棚に放置されていたという、ホタテの缶詰と大根のサラダ。

切り身の鮭はグリルも焼き網もないのでバターでソテーしたものだ。

「最近はコンビニでもカット野菜とか、肉も売ってるから。まあまあ食えると思う」

「まあまあっていうか……すごくないですか？　これ。パスタくらいなら俺も作れるけど」

男性でも最近は手料理をするくらいはめずらしくはないが、和食はイメージ的に手間がかかるためか、それを作れる手合いはやはり少ない。

「あ、これ美味《うま》い……」

刻み葱《ねぎ》とじゃこを入れた卵焼きに大根おろしを添えたものを口にして、感心したように呟いた真芝に秦野は少し照れた。

「一応ね、栄養士の勉強もしてるから」

「ああ……そういうのも資格、いるんですか？」

「んー、じゃないけどさ。やっぱり子供の生活管理とか、うちに……園にいる間は、気をつけないといけないじゃん？　栄養の偏《かたよ》ってる子がいても、こっちに知識がないとわからないし」

独学だけれど本を読み、自分でも簡単なものは作れるようになったのだと告げれば、なるほどと頷いて真芝は豚汁を啜《すす》った。

「うわ……これもすごい、美味い」

いちいち感動したように呟く真芝にさすがに照れくさく、秦野はからかうように言った。

「ほんとはしじみがいいかと思ったんだけど、さすがに貝類はなかったから」

「なんでしじみ？」

「宿酔《ふつか》いに効くんだよ」

途端に憮然《ぶぜん》とした顔になるのがおかしくて、くすくすと笑ってしまう。今度からは飲み過ぎたらそれを頼むから、と真芝はさらに低くなった声で言うから、そうしろと頷いた。

（なんか、変な感じだ）

考えてみれば、真芝と一緒に食事をするのははじめてだった。というよりも、普通の時間を——抱き合う以外のことを共有するのは、この朝がすべてはじめてなのだ。

少しぎこちなく、沈黙が落ちる。静かに食事を進めながらちらりと真芝を見やれば、食べるのは早いようだったが、きれいな箸《はし》使いをするので見ていて気持ちがいい。

「なんか、久々」

「ん？」

二膳目を口にしながら、ぽつりと真芝が呟く。なにがだと目顔で問う秦野に、彼もまだ惑う気持ちがあるのだろう、またあのやわらかに目を細める表情を浮かべた。

「こういう、和風のメシ食うのも久しぶりだし……誰かと、仕事じゃなくて食事するのも」

「そうだな、俺も、そうかも」

思い返すと、秦野自身同僚以外とこうして差し向かいで食事を摂《と》るのはすいぶんと久々になる。

そして、かつて目の前にいたのは誰であったかを思い出すと、ふっと喉がつかえたような気分になった。

あれはまだ、結生子《ゆうこ》がいて、自身の生き方をなにも憂《うれ》うところがないと信じていられた日々のことだ。彼女の膝《ひざ》の上で、まだミルクを懸命に飲んでいた子供の姿が脳裏をよぎり、ふっと目頭が熱くなる。

(五年ぶり……か)

あの穏やかな姿は一瞬の残像のようにして秦野の中から失われ、そうしていま、秦野の前にいるのは、自分よりも大柄な青年であることが、どこか不思議なおかしさを感じさせる。

それでも、秦野の中にある――愛おしさとでもいうような情は、そのいずれにも優劣をつけられるものではない。質は違うものであるけれど、どちらも心から、大事にしたいと思う存在だ。

「秦野さんとは、なんでもはじめてになるけど」

「うん？」

ほんのわずかの時間ではあったけれど、物思う顔をした秦野に真芝は気づいたようだった。

皿の上をきれいに片づけ、箸を置いた彼はかすかに眉を寄せて目を伏せたまま、請うような声を唇にのぼらせる。

「今度は、俺が作るから」

そのまま伸ばされた指で、こちらも食事を終えた秦野の手がしっかりと握られた。力強く、骨っぽいそれが、慎重に秦野の手を痛ませないよう気遣っているのがわかる。

「うん、今度。楽しみに、してるから」

だから素直に頷いて、手の甲をそっと撫でた大きな手のひらに、もう片方の手を重ねた。

じんわりと馴染《なじ》んでいく体温と共に、幸福感と言ってもいいようなものがこみ上げてくる。

それなのに、結生子を思い出したときよりもなぜか瞼《まぶた》は熱くなって、秦野は慌てて俯《うつむ》いたまま瞬きを繰り返した。

「そ、……そういえば、おまえ。なんで、やけ酒？」

「え？　あ……ええと、それは」

痛みを払うような仕草に目を細めていた真芝だったが、湿りがちな空気を誤魔化《ごまか》すように早口に問いかけた秦野に、気まずいような顔をしてみせる。

「もう……関係ない、って、言わないだろ？」

「う……」

口ごもった真芝を、秦野は少しだけ眉を寄せて覗きこんだ。どうもこの一言に自分は存外こだわっているようだと、口に出してみてはじめて理解する。

（しつこいかな……）

困ったように顔を顰《しか》めたままの真芝に、少しだけひやりとした。当てこすっているつもりはない、ただ気になるだけだと続けようとして、しかしそれは口を開いた彼の、真摯《しんし》な声に塞《ふさ》がれる。

「昨日までね。……もう、会わない方がいいと、思ってた」

「え……」

形よい唇から零《こぼ》れてきたのは、秦野の息を止めるような言葉だった。一瞬強ばった指先を強く握られ、聞いてくれと宥められた。

「鎌田《かまた》さんから、……昔のこと、聞きました」

「……うん」

そのことについては予測済みであったため、秦野はただ頷いてみせる。しっかりと握りしめてくる指を信じようと、無意識に強ばった肩の力を抜いた。

「俺、本当にひどいことしてきて。あなたのことなにも知らなくて、合わせる顔がないって思って……でも、諦めきれなかったから」

飲むしかなかったんですよと笑う、ほろ苦いような表情に胸を摑まれて、秦野はまたその手を握り返す。

「あとは、昨夜言ったとおりだけど……俺からは、動けなかった。あんまり勝手で……今更、どうしようとも思って、だから」

そっと両手に包まれた指の先を持ち上げられ、真芝はそこに口づけたまま言葉を紡いだ。

「来てくれて、嬉しかった。……ありがとう」

「べ、別に礼を言われるようなことじゃ」

吐息とやわらかい唇の感触に赤くなり、慌ててもがいても指は解放されそうにない。

それ以上に、目の前で見る真芝のあまりにも甘い微笑みに、酸欠を起こしてしまいそうだ。

「食事も、こんなふうにしてもらったのはじめてだから。結局、甘えてすみません」

「そんなの、俺が、勝手に……」

顔立ちは前々から、整っているとは思っていた。張りつめた横顔も彼の魅力を損なうものでは決してなかったけれども、こんなふうにまっすぐに愛情をこめた眼差しを向けられると、心臓が破裂してしまいそうだ。

「手、はな、……離して」

「いや？」

「……じゃ、ないけど」

恥ずかしい、と消え入りそうな声で告げると、どうしてと問われた。

（こんなの……）

果たしてこれは本当に、自分に向けられていいものだろうか。間近に見ても荒いところの見つからないような真芝の端整な顔立ちに、秦野はすっかりのぼせあがった。

（なんだこれ、こんなの、俺、知らない……）

そもそも秦野は、恋愛経験自体がおそろしく乏しいのだ。性格的にもあまりテンションの高い方ではなく、動揺したり興奮するということも基本的に少ない。

心臓から指先の末端にまで、甘ったるい痛みが走ってひどく苦しい。なのにこの痛みを、自分からは手放したくはないのだ。

「好きです」

「ま、し……」

ずきずきする指の甲に、軽く歯を当てられた。じん、と痺れたそれは腰の奥に残る、昨夜の情交の余韻を思い起こさせる。

鼓動《こどう》が、どうしよう、どうしようと早いリズムで鳴りはじめ、結局秦野は焦ったように上擦った声をあげ、甘噛《あまが》みされた手を取り返した。

「あ」

「かっ……片づけよう、な！　メシ、終わったし」

そのまま腰を浮かせ、目を逸らしたままテーブルの上の食器を重ねる秦野を、少しつまらなそうな顔の真芝が軽く睨《にら》んだ。つれなさを咎《とが》めるような顔をされたところで、聞けたものかと秦野はそれを無視する。

流しに運んだ皿を洗おうとすると、うしろからの長い腕が秦野の手首を摑んだ。

「あとは、俺がしますから」

「え、いいよこれくらい」

すぐに済むと言ったのだが、作ってくれたからそれくらいはと真芝も譲らない。

「お客様なんだから、座ってて。ああ、その前にコーヒーでも淹《い》れます？」

「んじゃ……そっち、やるから」

セーターの袖をまくり上げた真芝に、落ち着かないままの秦野はコーヒーメーカーに視線を移し、その横にあった真新しい缶を取り上げた。

プライベートな場所でコーヒーを飲むのもずいぶんと久しぶりだ。まして自分が、誰かのためにそれを淹れようとするのも。ふとそのことに気づくと、苦笑に似たものが零れていく。

「やかん貸してくれるかな」

「え？　それ、水入れれば済むけど」

封を切ると、ふわりと香ばしい匂いが漂う。自宅では滅多に用意することのない、コーヒー豆はブルーマウンテン。懐かしい香りに少しだけほろ苦い笑みが浮かんだ。

「じゃなくて……手で淹れる方が好きなんだ」

「手……？」

訝るような真芝の声には微笑みだけで返し、コーヒーサーバーの上にフィルターをセットする。沸騰した湯を上からゆっくりと注ぎ、少し待ってさらに足す。ふわりとふくよかな香りが立ち上り、秦野はそっと目を細めた。

「機械で淹れるより、こっちの方が好みなんだよ。なんか、味が丸くて」

「へえ……。誰かに習ったんですか？」

堂に入った手つきに、洗い物をする真芝が感心したような声を出す。褐色の液体がフィルターからぽたぽたと落ちるのを見ながら、秦野は努めて普通の声で言った。

「うん。江木《えぎ》さん……結生子さんのお義父《とう》さんが、喫茶店のマスターだったから」

「——そう」

一瞬だけ返答の遅れた真芝に笑みかけながら、秦野は静かな声を紡ぐ。

「あそこのコーヒー、美味いんだよな。なんか、江木さんってもともとコーヒー大嫌いで、自分で美味いと思う味を探してやろうと思って、いろいろ試してみたらしくて」

江木の名を、結生子にまつわる記憶を、誰かに話すのは久しぶり——というよりも、彼らを知らない相手に過去を語るのは、これがはじめてのことだった。

もしかすると真芝には、これは気持ちのいい話ではないかもしれない。それでも、知っていてほしいと思った。うつくしく聡明な結生子のことを、その彼女を育てた江木の、おおらかな人柄と美味いコーヒーの味を。

「豆から仕入れて、煎《い》るのも自分でやってたよ。でっかい機械入れて、借金で首が回らないーなんつってて……明るいひとでさ。俺がブルマンでいいって注文したら、こっちの方が美味いからっつって、頼んでないコーヒー出してくんの」

「そうですか。……その時はなにを？」

秦野の気持ちを察したのだろう。洗い物を終えても真芝はそこから動くことはなく、静かに相づちを打つ。湯を落としたコーヒー豆が膨れあがり、ゆっくりとまた沈むその呼吸、立ち上る香りと同じほどのやわらかな声だった。

「エーデルワイスの深煎《ふかい》り。がんがんに苦くて濃いのは苦手だって言ってんのに、俺のは美味いの一点張りで」

「で、お味は？」

「それがさあ、……美味かったよ、マジで。確かに苦いんだけど、まろやかでさ」

けれども言葉を切り、秦野はふっと思い出し笑いを浮かべた。

「そのとき、パパはどうしてお客さんに自分の好み押しつけるのって、結生子さんがすげえ怒って。客の前で大げんかはじめたから、結局俺が宥めて……あれは参ったな」

明るいあの店の片隅で繰り広げられた、ごくありふれた光景。それを思い出すと胸はほんの少しきしりと痛んで、けれども以前のような空虚な気持ちにはならなかった。

「今度、連れていってくださいよ」

「それは、どうかなあ」

小さく鼻を啜ったのは、背中からそっと抱きしめてきた男の腕があるからだろうか。やかんを下ろし、コーヒー入ったぞ、と秦野は照れたように笑ってみせる。

「あぶないぞ」

「平気でしょう」

かすかに赤くなった目のふちに滲んだ雫《しずく》を、真芝の唇がそっと拭《ぬぐ》った。

「あれなら、今度豆送ってもらう。挽《ひ》きたてが一番美味いし」

そろりと長い腕をほどいて、真芝が用意したカップに淹れたてのコーヒーを注《つ》ぎながら、照れくささに顔を上げないまま秦野は告げる。

「いいんですか」

「うん。……今度、顔出すって言ったし。もうだいぶ、会ってなかったんだけど」

だけど連れて行くのは勘弁してくれと、カップを居間に運びながら秦野は目を逸らす。

江木の前に連れて行くなど、冗談ではない。自他共に認める朴念仁《ぼくねんじん》である鎌田であればともかく、あの陽気で年齢不詳の美形店長は、おそろしく色恋沙汰《ざた》に鼻がきくのだ。おまけに秦野は基本的に、隠し事のできないタチでもある。

以前のようなひりついた関係ならばともかく、自分でも恥ずかしいほどに緩みきっているいまの顔など見られれば、どんなに隠そうと思ったところで真芝に向けた情の種類を見破られてしまうだろう。

「なんで？　まずいですか？　部長とかも行ってるんでしょう」

「……おまえ、わかって言ってるだろ」

「なにが？　……あ、ほんとに美味いなこれ」

じろりと睨むと、真芝はとぼけたように目を逸らしてコーヒーを啜った。隣に並んだソファ、低めのそれに腰掛けてみると折った膝の高さがずいぶん違うことさえ不愉快で、秦野は足先を蹴《け》ってやる。

「痛《い》て。……なんですか、急に」

「うるさい」

頬が熱くて、そっぽを向いたまま秦野はコーヒーを口にした。まずまずの味だけれど、やはり記憶にあるあの店のコーヒーには及ばない。

（まあ……当たり前か）

缶入りの量販品と、江木が吟味し、淹れる直前に挽いた豆では格が違いすぎるだろう。

その事実をただ懐かしいと思えることに、秦野が安堵《あんど》とそして少しの寂しさを感じてかすかに目を伏せると、その表情になにを思ったのか、真芝の声がトーンを変えた。

「でも、……本当に秦野さんがいやなら、行きません」

ささくれたなにかをそっと包むようなそれは、いままでの彼の口調からは想像もできないほどにやさしく甘い。そしてそれ以上になにか、哀しみのような苦みも混じっている気がして、はっと視線を向ける先、声音と同じほろ苦い笑みがあった。

「あなたが、誰かの前で……知り合いとか、鎌田部長とか。そういうひとの前で、俺と会っているのを見られたくないなら、そうする」

「ま、しば……」

痛みの滲むそれに、すうっとみぞおちが冷たくなるような気がした。秦野の照れから発生した言葉を、真芝は思った以上に重く受け止めたようで、そのことに、今更ながらこの関係が他者には受け入れがたい形をしているものだと思い知らされる。

「会うのは、お互いの家の中だけにした方がいいなら、それでもいいから」

「真芝、それ、ちが」

焦りに似たものがこみ上げ、はっとそちらに顔を向けた秦野の手を長い指がそっと摑む。

「時間も、合わせるよ。もう押しかけたり、無理も言わない。だから」

俺がいることを、許して。

かすかな、吐息だけの声で告げた男の広い肩が落ちている。

見た目だけはきつく剛胆な部分もある彼が、こんな些細《ささい》な言葉で傷つくなどと思いもしなかった秦野は目を瞠《みは》る。

「ばか……そんなんじゃ、ないってのに」

縋るように握られたのとは別の手で、翳りを落とす目元を覆った前髪をそっとかき上げてやる。

「でも、ばれるのはいやでしょう？」

低い声に、胸が軋《きし》んだ。怯《おび》えさえも滲むような声に、かつて真芝がつきあってきた誰かに、そうした言葉で傷つけられてきたこともあるのだと、気づかされる。

井川かもしれないし、そうではないかもしれない。いずれにせよ、この種の恋愛関係はあまりオープンにすることも難しいたぐいのものである以上、真芝の懸念はもっともではある。

しかし、そうではないのだと秦野はかぶりを振った。

「まあそりゃ、積極的に吹聴する気はないんだけど……江木さんは、あんまり気にしないと思う」

堅物の鎌田ならば目を剝《む》くかもしれないが、江木という人間はとにかく普通の常識では計れないものがある。

「連れてくのいやなのは……からかわれるからだよ」

元娘婿が男の恋人を作ったところで、「あっそう」で済まされてしまうような空気があるのだ。どころか冷やかし混じりにあれこれ訊いてくる可能性すらある。

（けどなあ……それ、普通わかんねえだろうし）

あの独特のひととなりを、見たことのない人間に説明するのは難しく、しばし唸った秦野は形よい頭を自分の肩に引き寄せながら、こう告げた。

「変な言い方になるけど……俺、おまえが女だったとしても、多分、同じこと言うと思う」

「秦野さん？」

「ただ、照れくさいんだよ。……わかってくれよ」

ぽんぽんと、子供にするように広い肩を叩いてやる。頼むからもう納得してくれと赤くなりながら言うと、引き剝がすよりも先に長い腕が腰に巻きついた。

「すみませんでした」

「なんで謝るんだよ……無神経なこと言ったの、俺だろ」

「でも、そもそも俺が」

「もういいって、謝るな！」

ぐずぐずと言葉を続けようとした真芝に、少し強い語調で秦野は言うなと告げた。

昨晩の会話のやり直しはもうごめんだ。こんな関係に巻きこんだのが自分だからと、ひどく真芝は気にしているようだけれど、そもそも秦野は、恋愛に関してはそれほど流されやすいタチではないのだ。

熱しにくく、冷めにくい。それだけに一度情を交わせば、ただ一途にひとりだけを思い続ける。

器用なタチでもないし、臆病《おくびょう》さも自覚はしている。けれど、自身がこうと決めたことには譲れない頑固さも、ちゃんと持っているつもりだ。

いまここで、こうして真芝を抱きしめているのは、秦野自身の選択であり、意志なのだ。

「俺も、ちゃんと、その……す、好きって、言った、だろっ」

こんな真っ昼間から、なんでこんな話をしなきゃいかんのかと秦野は赤くなる。こういう会話も、勢いがついていればまだしも、燦々《さんさん》と明るいリビングの中ではひどく恥ずかしい。

「勘弁しろよ、……苦手なんだって、こういうの」

「すみません」

もう疑うなと頭を抱えこんでやると、真芝の腕もまた強くなる。今度の謝罪は笑いも混ったものであったから、まあいいけどと頷いた。

「あんまり、思いつめんなよ……どうもおまえが考えこむとやばい方に行くみたいだから」

吐息して、繊細な男のさらりとした髪を撫でてやる。図星だったのか、真芝は一瞬息をつめ、ややあって苦笑を漏らした。

「どうもね、……いろいろ考え過ぎちゃうんですよね。俺、重いらしくて」

「うん？」

「秦野さんには、わかんない世界かもしれないけど……」

どういう意味だと首を傾げると、甘えるように肩に額を擦りつけた真芝は、ぽつりぽつりと話し出す。

「マイノリティじゃないですか。そうすると、まともに恋愛するのも、そもそも難しくて」

「そうなのか？」

「ええ、だから、勢い……身体だけ、みたいな感じでつきあうのも多いんですよね。それで、まあ……俺、見た目こんなでしょう」

「あー……」

こんな、というところでなんとなく声が濁る。言わんとするところを察して、秦野はなんともつかない声をあげた。遊んでいるふうに思われるとか、そんなところなのだろう。

「で、まあ。相手も軽いのを期待するらしいんですけど。俺は、そういうの好きじゃなくて」

「うん……お、っと」

話すうちに徐々に体重をかけられて、ずるずるとソファに横たわる形になる。胸の上あたりに真芝の頭が乗っかっていて、互いの体温を分けあうような抱擁は気恥ずかしいような気もしたが、いやではない。

「その集大成が、井川だったわけなんだけど。あれが一番、最悪かな」

真芝が重い声で呟いた名前に、秦野は小さく息をつめた。

「……訊いても、いいか？」

終わったと聞かされていて、しかしどこか引っかかっているのはあの、挑《いど》むような瞳を思い出したせいだ。

「あいつの方はなんだか……全然、終わった感じ、なかったんだけど……ちゃんと、その辺は話、してるのか？」

本当に大丈夫なのかと問うと、真芝も一瞬肩を強ばらせ、秦野の胸の上で身じろぐ。ややあって、重苦しいような引きつった嗤《わら》いを漏らした真芝の声は、痛々しかった。

「うん、まあ……実際、別れ話はなかったんですよ、結婚まで」

「は⁉」

予想しなかったそれに、秦野はがばりと起きあがった。ようやく顔を上げた真芝は、苦笑に似たものを浮かべている。

「だから。披露宴の招待状が来るまで俺、知らなかったんです」

「ま、待てそれ、どういう」

意味がわからない、と目を瞠ったままかぶりを振る秦野の髪を、真芝がそっと撫でる。

「あっちは切れる気もなかったみたいで。お色直しの合間に、別にこれまでと変わることなんかないって、そう」

秦野にはまったくわからない井川の倫理観に、呆然《ぼうぜん》となる。

ゲイだろうがバイだろうがそれは個人の自由だと思うが、不倫はちょっと違うだろう。恋愛の嗜好《しこう》はひとそれぞれで、マジョリティとマイノリティの格差はあれども、誰に誹《そし》られるものでもない。

しかし、同時に多数へと情をばらまくことは、人間としてただ不実なだけだろうと秦野は思う。

「信じらんねえ……なんだそれ⁉」

「まあ、そういうヤツだったんですけどね。前々から……つきあってる間も浮気はしょっちゅうで。別れたりより戻したり、って感じだったんですけど」

それが互いに了承の上の遊びであれば――大人の関係であればまだ、わからなくもない。だが真芝の口ぶりから察するに、井川は「本命はおまえだ」だのなんだのという言葉を大盤振る舞いするタイプでもあったのだろう。

「しまいには、どっちが浮気なんだかわけわかんない感じでしたけど……いろいろ俺は、都合がよかったらしいんで」

浮気は男の甲斐性などと言うが、あれは本妻のほかに愛人がいてもなお、そのいずれをも満足させ養う財力がある、という意味なのだ。逆にその言葉には、誰もを納得させられないなら、徒《いたずら》に禍根《かこん》を残す真似をするな、という暗喩《あんゆ》もあると秦野は解釈している。

少なくとも、本気と浮気さえもけじめのつけられない状態で、遊び人を気取ってどうするというのだ。

「おまえもまた、なんだってそんなのと……」

呆れた吐息混じりに言えば、ばつが悪そうに真芝は肩を竦めてみせる。しかし、その仕草の中にはまだ、燻《くすぶ》る痛みもあるのだと知った。

「まったくね。……いまじゃ、どうかしてたと思ってる……けど」

言葉を切った真芝は、言いにくそうに唇を噤《つぐ》んでじっと秦野を見下ろしてくる。

その先は、秦野には言われずともわかる気がした。少なくとも井川が不誠実で浮気性でなければ、そもそも秦野がここにこうしていることはなかったのだ。

「ん。……もういい。言わなくて」

そこから先を語ればまた、繰り言と懺悔《ざんげ》になるだろう。そう思って秦野は小さく笑い、子供を撫でる仕草で真芝の頬をそっと手のひらに包んだ。

(そりゃまあ……自棄《やけ》にもなるか)

話を聞いていただけの秦野ですら、腹が煮えるような井川の傲慢《ごうまん》ぶり。それを許してしまった真芝にも問題はあったのだろうけれど、ショックが大きすぎれば人間は案外と動けないものだということは、知っている。

そして、そんな真芝だから、どうにも甘やかしてしまいたいのだろう。大きななりをして、傷つき方も知らないこの男が、情けなくもかわいいのだ。

転んでも、泣けないでいる子供と一緒だ。誰かがやさしく「痛かったね」と告げるまで、彼らは痛みを訴えて涙を零すことができないものなのだ。

（俺のこれも、よくはないんだろうけど）

内心苦笑しながら、秦野は冗談めかしてこう言った。

「安心しろよ。なにしろ江木さんが結生子さんに俺を勧めたときの言葉は、『死んでも浮気しそうにない、人畜無害のお買い得品』だ」

「……それもどうかと思うんですが」

苦笑した頬の痛みは薄れて、秦野はほっとする。見交わした視線が思うよりも近くて、ふっと笑みをほどいたタイミングが嚙《か》み合うと、どきりと心臓が跳ねた。

（あ。……キスされるかも）

思った次の瞬間には、目を伏せた真芝の顔が近づいてくる。咄嗟《とっさ》に目を瞑《つむ》ると、予想に違《たが》わずやわらかなものが唇に触れた。

ゆっくりと押しつけられ、乾いた薄い皮膚の表面を擦り合わせるようにしたあと、啄む動きに小さな音が立つ。静かな部屋の中でそれがやけに響いて、耳まで熱くなった。

「秦野さん」

「ん……？」

慈しむような声、やわらかな抱擁に、うっとりとした吐息が漏れた。呼びかけに意味はなかったようで、そのまままた唇が重なり、次第に角度が深まっていく。

「……あん」

薄く開いた唇の間、舌を探るようにされると、我ながら赤面するような声が出た。

大きな手のひらでそろそろと腰を撫でられると、甘ったるい声は勝手に喉から溢れてくる。自分でもいったいどこにこんな声が潜んでいたのかと思うくらいで、意識して出せるものではない。

「ん……っ、や、あ」

「……いや？」

「やじゃ、ないけど……」

問う声も答えるそれも、どうしようもなく濡れたものになる。

巷《ちまた》では、女が喘ぐのはAVめいたフィクションか、男を喜ばせるための演出だけでしかなく、実際にはそう声など出ないものだと言われている。

男についていえば、世間的には喘ぐことさえもないものだと思われているだろう。けれど、それもひとによるんじゃないかと秦野は思う。

ごくプライベートな行為を、その場にいない誰かや『常識』などという枠でくくっても仕方ない。そもそもそんなものに縛られるくらいなら、いまここで真芝に舌を舐《な》めさせている自分は存在しない。

「ふあ……っあ」

「気持ちいい？」

思わず、というように零れていく嬌声《きょうせい》を、むろん恥ずかしく思う気持ちはあった。それは口づけだけで蕩けてしまいそうな自分を真芝に知られてしまうからで、しかし教えろと告げるのもまた彼しかいない。

「ん……」

だから素直に頷いて、長い腕に身体を預けてしまう。髪を梳《す》いた指が滑って耳朶《みみたぶ》の後ろを軽く撫でると、またとろりとした声が溢れ出た。

「んっ、んっんっ……あ、ふ」

普通、恋人同士というのはこんなにたくさんキスをするものだろうか。

飽かず続けられている長い口づけの合間、心地よさにぼんやりとなりながら、あまりにお粗末な経験しかない秦野は我が身を振り返ってしまう。

（そういえば、結生子さんともあんまり……）

思えば、結婚していた頃でも秦野は、キスもあまりしなかった。手を繋いだり、肩を抱いたりというスキンシップはあったけれど、ごく穏やかで、隣にいるだけでとろとろと眠くなるような甘い安寧《あんねい》だけがふたりの間には存在していた。

結婚してすぐ子供ができてしまったため、正直言えば、あの亡くなった妻とは数えるほどしか寝ていない。お互いの体温を確かめじゃれ合うような行為は、官能というよりも人肌恋しさの方が勝っていた。

やわらかいやさしい肌に包まれたあの記憶は、どちらかと言えば失った母親への思慕にも近いものがあった気がする。そしてそれは結生子も、同じことだっただろう。

「なに考えてるの」

「あっ……や、やだ」

一瞬だけ遠い記憶に沈みかけた意識を、真芝の声と指先が引き戻す。咎めるように耳を摘《つま》まれただけで背中が震え、意味もなく足の先が浮き上がった。

「……んんっ」

ぞくぞくしながら、広い肩に縋りつく。硬い指に挟まれた耳朶に、あたたかく濡れたものが触れるとさらにおののきは激しくなり、行き場のない感覚を散らそうとするのか、脚が勝手にもがいてしまう。

「ちょ、どこ、……どこ触って」

「ん？　脚」

開きかけた膝から内腿《うちもも》まで手を這《は》わされて、だんだんのっぴきならなくなってくる。際どい部分までを撫でさすろうとした手首を必死に摑んで、待て、と秦野は訴えた。

「ま、真芝、ここ、どこだと」

「俺のうち。で、リビングの、ソファの上」

平然と返してくる真芝に、はぐらかすなと秦野は睨むが、もう瞳が潤んでいるのが自分で

も わかる。

「そ、そうだけど、そうじゃ、なくてっ！　まだ、明るいし！」

あわあわとする秦野に、真芝は先ほどまで悄然《しょうぜん》としていた男と同一人物とも思えない余裕の笑みを浮かべた。

「秦野さん、明るいとこでセックスしたことないの？」

「あた、当たり前だろ！　あんなの夜にするもんで」

その艶冶《えんや》な表情に胸を騒がせつつ、じたばたと秦野はもがく。しかし真芝の長く強い腕は、あっさりと細い身体を押さえ込んだまま離そうとはしない。

「誰が決めたんですか、そんなの……」

「っ！　……やだ、耳……っ」

囁《ささや》きを直接吹き込まれ、あたたかい吐息がかすめる感触に震え上がる。

「昨夜言いましたよね？　なんにもしなくても、俺が見てたら……って」

——見ててくれたら、いけそう。

朦朧《もうろう》とするまま言い放ってしまった言葉を、こんな状況で口にしないでほしい。

「だったら、全部見たい」

「だ、め……」

熱っぽい眼差しに、心の奥底まで覗きこまれそうで怖い。それ以上にもう、身体が熱くて苦しくて、たまらない。

「なんで？　明るいところで秦野さんの身体……俺に見せて」

「も、う、……知ってるだろ、そんなの……！」

「知ってるけど、もっとちゃんと知りたい」

緩すぎる大きな衣服の中で泳ぐ身体を、手のひらに撫でさすられ、息があがっていく。結局この手のことでは、秦野の経験値など真芝の足下にも及ばないのはいままでの経緯でさんざん知らされていた。

「き、昨日も、したじゃんか……！」

「昨日は昨日。……それとも、いや？　疲れてる？」

強気な笑みで問いかけてくるのは、絡みあった脚の間でとっくに強ばったものを気づかれたせいだろう。羞恥と悔しさに身悶えつつ、赤くなった頬を腕で覆って、秦野は呻《うめ》くように告げた。

「……ここじゃ」

「なに……？」

「ここじゃ、やだ……」

か細いそれは、自分でも誘う以外のなにものでもない響きだとわかっていた。実際もう、つらいのは秦野の方だ。胸の奥も下肢の間も、痺れたような熱が脈打って苦しくて、どうにかなってしまいそうだった。

「立てる？　秦野さん」

「ばか……っ」

腕を取られ、悪態をつきながら引き寄せられた胸に縋る。信じられない、と唸って抱きついた広い胸を殴りつけるくせに、情欲の火照りを帯びた頬を擦りよせてしまう。

「俺、おまえみたいに慣れてないんだぞ……」

「秦野さん？」

「あんまり、ハードル高いこと、要求すんなよ。……昼間からなんて、したこと、ねえんだから」

恥ずかしくて死ぬ、と呟くと、なぜか真芝は一瞬だけ息をつめ、そのあと痛いほどに抱きしめてきた。

「参ったな……」

「なにが、だよ」

蕩けきったような笑みを浮かべている真芝に、頬へ唇を落とされる。そんなことをさらりとできてしまう男と、みっともなくうろたえるばかりの自分の差にいっそ愕然《がくぜん》としてしまう。

「なんだか、ものすごく悪いことしてる気になる」

「は？」

なにがだ、と秦野が真っ赤な顔を上げると、真芝は言いにくそうに口ごもった。

「いや。……秦野さんひょっとして、奥さん以外と……っていうかあんまり、その……」

経験がないのかとはストレートに訊けないのだろうが、そこまで言われれば同じだ。

「――うっせえよ、ばか！」

図星だったのは、反射的に怒鳴ったことでばれてしまっただろう。実際その通りで、秦野は本当にベッドでの経験は少ない。まともにつきあった彼女は高校時代にひとりだけ、それも初々《ういうい》しいつきあいで、秦野の進学で離れればなれになって自然消滅。

その後大学では身体の方もコミで彼女がいたが、苦学生だった秦野につきあいきれないと別れて、結局、結生子と出会うまではろくな体験もないままなのだ。

（それに比べて、こいつ……）

井川とは長いつきあいであっただろうが、しかし真芝の弁を借りるならば『別れたりよりを戻したり』していたその間、彼の方もそれなりにしていたことは、先ほどの言葉で予想がつく。

――勢い……身体だけ、みたいな感じでつきあうのも多いんですよね。

あの言葉は、一般的に多いという意味だけでない実感がこめられていた。そもそも自分にしても『身体で憂《う》さ晴らし』の対象とされたことがはじまりなわけで――あれがたまたま、同じ嗜好を持っていた連中であれば、真芝にとってはよくあるアバンチュールのひとつになったのだろう。

（あ。なんかむかっとした）

想像するとどうにも不愉快な気分になって、秦野は唇を噛んで押し黙る。

「どうしよう、秦野さん」

「なんだよ」

だというのに、真芝の長い腕はますます秦野を強く抱きしめてきて、それをほどこうともしない。

「本気でなんか、悪いことをしてる気が、してきた」

などと言う割に真芝の声はどうしようもなく甘く、秦野も結局はその広い背中に腕を回してしまう。

「そう思うなら、もちょっと、手加減してくれ……」

善処しますと答えた真芝のそれは、政治家の言葉並みに信用できないものだったが、ほどなく与えられた熱っぽい口づけに、疑わしさはそのまま霧散していった。

＊　＊　＊

さんざんぐずってカーテンだけは閉めさせたものの、完全な遮光生地ではないそれでは、視界を遮《さえぎ》ることなどできなかった。むしろ、薄明るい部屋の中には淫靡《いんび》な気配さえも漂って、秦野はひたすら羞恥を堪《こら》える羽目になる。

「ほんとに細いな」

「なん、……あっ」

感心したような声の真芝に、下肢の衣服はベルトをほどいただけで、ボタンすらはずさないままあっさり引きずり下ろされた。

「ん……ま、真芝、服」

シャツ一枚になると、長い裾が半端に腿《もも》を覆い隠したままで、却《かえ》って卑猥《ひわい》な印象がある。真芝もそれを感じたようで、横たわった秦野に覆い被さるように長い腕を身体の両脇についたまま、しげしげと眺めて呟いた。

「あー……なんか、ちょっとそのビジュアルは……まずい感じが」

「う、うるさいっ」

いっそ脱いでしまいたいような気もするが、しかし先ほどの「見せて」という発言を思えばそれもためらわれる。もぞもぞと脚を隠すように身じろいでいると、さらに怪訝《けげん》そうな声がした。

「本当に、三十二だよね？　秦野さん」

「おまえそれ、どういう意味……」

童顔なのは知っているが、改めて問うことだろうか。少しは気にしているのだと眉を寄せると、だって、と真芝はその指を秦野のすねにかけた。

「わ、ちょっ……」

「前から思ってたけど、ここ……全然つるつるで」

「ひ、膝や、……やめっ……あ、んっ」

「なんか……学生にしか見えないっていうか」

細い脚を一摑みにしてしまえるほどの長い指に足首から撫で上げられ、ぞわりと甘いおののきが走った。腰が跳ねそうになるのを堪え、しかし膝を捩《よじ》って悶える身体は逆に艶《なま》めかしいものになっていると秦野は気づけない。

「……っ、なんでだよ、もう……」

「なにが？」

惑乱を滲ませた声が無意識に零れ、シャツのボタンをひとつずつはずしていた真芝がふっと顔を上げる。まともに視線を合わせることはとてもできないまま、秦野は掠れた声で告げた。

「俺、こんな……こんなに、したくなったことなんか、ない、のに……」

「秦野さん？」

出会ってからも三日と開けず抱かれてきたせいだろうか。この二ヶ月、慣らされた身体の疼《うず》きが、堪えきれないでずっと、苦しかった。

それを埋めるように昨晩あんなにも抱き合って、だというのに性懲りもなく、また欲しくなっている。

「おまえに会うまで、五年も、誰とも寝てないし、それで平気だったのに、……なのに」

なんでこんなに、求めてしまうのかわからない。口づけられて、膝を少し撫でられて、はだけられたシャツの中身を見つめられているだけで、高ぶって濡れてくる。

「俺、こんなに自分がいやらしいなんて、知らなかった……」

ため息まで赤く染まっている気がする。譫言《うわごと》のように呟いたそれを、真芝がどんな顔をして聞いているのか確かめる勇気はなく、秦野はきつく目を瞑り、両腕で顔を覆った。

「恥ずかしい？」

「うん……なんか、今更、だけど」

そっと問われて、言葉が正しく伝わったことには安堵する。真芝を責めているのではなく、ただ自身の情動を持て余しているからこその惑いだと、そっと唇をかすめた男には理解されたようだった。

「今更なんて、思わない。……したいと思ってくれるの、嬉しいです」

「そ、……そうか？」

宥めるような声は、こんな場面だというのに穏やかにやさしく、ほっと息をついて秦野はそっと目を開けた。

「昨日まではなんか……まだ、俺が押し切った感じもしてたから、余裕なかったけど」

なだれこんだという言葉がそのままだった状況を思い出し、秦野はさらに顔を赤らめた。

さあっと首筋から胸元まで色づいた、その肌の変化に目を細め、髪を撫でた真芝が耳朶をそっと食《は》む。

「今日は……死ぬほど、よく、してあげたい」

「やっ……」

それだけでもう、秦野の背中はしんなりとたわんだ。シーツとの間にできた隙間《すきま》には手のひらが滑りこみ、背骨の窪《くぼ》みから一息に撫で下ろされる。そのまま下着の中に手を入れられ、尻を摑まれた。

「あ、あ、あ……っ」

びくりとしてさらに背中が浮き上がれば、まるで真芝に向けて胸を突き出すような形になる。尖《とが》りきっていた小さな粒が唇に含まれ、凝ったような硬さを舌に巻き取られた。

「はあ……っ」

冷えた外気にひりつくようなそれが、あたたかく濡れたものに撫でられる感触はたまらないものがある。周囲の肉ごときつく吸いあげられると、乳腺もないはずのそこからなにかが出てしまいそうだと思う。

「やだ、そこ、……噛んだ、らっ」

「痛い？」

「ちょっと……」

実のところ昨晩いいように弄《いじ》られたまま戻っておらず、シャツに擦れるだけでもかすかに痛むほど敏感になっていた。あまり強くされると、腫《は》れたような皮膚が痛みを覚える。

「じゃ……そっとする」

「まし、真芝、そ……ん……！」

やわらげた舌をぺたりと貼りつかせるようにされて、慰撫《いぶ》するようなその動きに秦野は息を呑んだ。ぴりぴりと過敏になった色づくそこが、舐め溶かされてしまいそうだと思う。

「もう、痛くない？」

「ない、けど、……ないっ、けどぉ……っあ、やぁ……ん！」

舌の裏側の粘膜を使うようにされると、背骨がぐしゃっと砕けるような気さえする。

肺の奥から押し出されるような吐息に混じる声は色づき、縋るものを求めた指は真芝の頭を抱えこんだ。

（あ……）

指先に、さらりとしたコットンセーターの荒い編み目を感じとり、もどかしく秦野は身を捩る。挟み込んだ腿の間にも硬いデニム地が擦れて、少し痛い気もした。

「なあ、……ぬ、脱げよ……」

腕を伸ばし、背中の中程を掴んで引っ張ると、胸に吸いついたままの真芝がちらりと目顔で問いかけてきた。

「ん？」

「俺ばっかりは、やだって……」

ああ、と小さく笑った真芝はとくになにを言うこともないまま、愛撫の手を止めて身体を起こす。

「……うわ」

「うわ、って……なに？」

あっさりとセーターを脱ぎ、ジーンズに手をかけた彼を直視できないまま、寝返りを打った秦野は枕を掴んで顔を埋めた。

（もう、……勃《た》ってた）

平然とした顔をしてみせても、ジーンズの前を開いた瞬間の真芝のそれは下着を押し上げるようになっていた。手のひらで唇で、そして身体のもっとも奥で知っているその感触に、無意識に喉が鳴ってしまう。

見飽きるほどに知っているはずの真芝の裸が、ひどく生々しく感じられて息苦しい。

あの胸に顔を埋めて眠っていた、数時間前までの記憶が甦《よみがえ》る。さらにその前には、この身体の下でどんな風に身悶えたのかも思い出すと、期待で下肢が重くなる。

「顔隠さないで、秦野さん」

喉奥で笑いながら言われ、秦野は言葉に抗うように腕に力をこめた。頑《かたく》なな態度に苦笑を漏らし、まあいいけど、と真芝は笑う。

「ほかのところ、全部見えるよ？」

「なっ、ばっ……！　や、やめっ」

顔を隠して視界を塞ぐことに意識を集中していたせいで、無防備になった脚を掴まれた。はっとなったときにはもう遅く、下着を引き下ろされてさらに膝を開かれる。

「ああ……少しまだ、赤い」

「い、やだ、やめ……あっ！　……ああ……！」

枕を押しのけて手を伸ばしても、間に合わなかった。片頬で笑った真芝にいきなりそれを唇に含まれ、抗議の声はそのまま嬌声となり、秦野の腕が空を掻《か》く。

ボタンだけははずされたものの、彼に借りたシャツはまだ完全に脱げてはいなかった。片方の袖のボタンをはずし損ねたせいで引っかかっていたのだが、もつれた布地の一部を尻の下に敷き込んでしまい、微妙に身動きが制限されてしまう。

「ましっ……真芝、や、んっ、だめっだめっ」

その手を掴まれて、手のひらを合わせ、小指の方から順に指を絡ませられた。仕掛けられた愛撫以上に、その指の甘い仕草に腰が砕けて、空いた指は抗うのをやめ、真芝の髪を撫でてしまう。

「いい？　秦野さん」

「あ、い……っ、……いい」

揶揄するのではなく、そっと問われてさらに溶ける。うっとりと息を漏らし、がくがくと頷いた秦野の腹部は快感を堪えるあまり小刻みな痙攣《けいれん》を繰り返した。

「ここ、も……」

握りしめた指を引いて、弾む胸の上にあてがう。先ほど舌に撫でられたまま、赤く尖りきった乳首がひりひりと痛くて、この疼きがもっと痛くされないとおさまらないことはもうとっくに知っている。

「あ、ん、……っあっあっあっあっ！」

望んだとおりに指の腹で転がされ、摘み上げられて声をあげた。触れられないまま尖っていた左胸にも唇は触れてきて、先ほどまでの愛撫でぐっしょりに濡れた右側を、指の腹で軽く押し揉まれた。

「潰《つぶ》れ、ちゃ……っあ、遊ぶ……なっ」

触れてすぐに離れる指先に、どうしようもない期待が高まる。痛みはあるのに、指が離れていくとひどく心許《こころもと》なく、無意識にまた胸を反らすと今度はきゅっと摘み上げられる。

「ふあ……！　あう、そこ、……それっ」

「いい？」

「やだっ……一緒に、される、と……！　そん、そんなにしたら、ああ！」

中にある芯《しん》を潰されたような気がした。甘いもののつまったそれから、じゅわっといけないものが絞り出されて全身に散らばっていくようで、びくっと跳ねた腰は蕩けそうなほどに熱い粘膜に包まれ、吸いあげられては舐められる。

「秦野さん、脚閉じないで。息できなくなる」

「ふあ、ん、……ご、ごめ」

気づくと、愉悦を堪えきれない内腿が真芝の顔を挟みつけそうになっていた。そっと膝の内側を押されて、苦笑した彼の耳朶が肌をかすめるだけでもぞくぞくする。

震え強ばり、また弛緩《しかん》する尻もゆるやかに撫でられ、秦野は与えられる愉悦に声もないまま首を振った。

「んん……！　あ、真芝、……真芝……っ」

感じない場所がないくらいに拓《ひら》かれ慣らされた身体は、真芝の指のひと撫でで、脆《もろ》く崩れてしまう。強ばる腿で挟み込んだ広い肩の硬い感触でさえ、秦野をだめにする。

（でも、……まだ）

それでも物足りなく感じてしまうのは、奥深い場所にあるそこがまだ、満たされていないせいだろう。この手に変えられてしまった身体は、もう射精だけでは完全に達することができないのだ。

「なあ、もう、……もう、頼む、から」

「秦野さん？」

もどかしくて苦しい。伸ばした指で肩を摑もうとして、上手《うま》くできずに軽く引っ搔くばかりになる。せつない声をあげた秦野に気づき、どうかしたのかと身を起こした真芝の胸に額をつけて、秦野は意味もなくかぶりを振った。

「もうそれ、いいから……あの」

「……ん？　なに？」

ふっと顔を上げた先、獰猛《どうもう》に笑った男がゆっくりと、秦野の零したもので濡れた唇を舐める仕草に眩暈《めまい》がした。

（舌、が）

あの赤く濡れた肉が、秦野を蕩かしまた強ばらせていたのだ。頭の奥が赤く霞《かす》むようで、視線をはずせないままの秦野はわななく吐息を零した。

背筋から甘くねっとりとした脈が這いずっている。急激に喉が乾上《ひあ》がり、視界が狭まって、朦朧と頭が霞んでいく。

「どうしたい？　……どう、してほしい？」

問われる形を取っていても、真芝の発したこれは命令だと知っていた。

「う、……うしろの方、……して」

早く、とせがんで汗ばんだ胸に唇を押し当てる。切れ切れの自分の息が引き締まった胸板に跳ね返り、ひどく熱い。せがんだことに羞《は》じらい、小さく縮こまろうとする身体を許さないまま、真芝の強い手のひらが腿から尻までを撫で上げ、そのあときつく摑んでくる。

「うしろって、どこ？　なに、してほしいの」

「あ、ん、……そ、こ……っ、そこ、そこにっ」

強ばりそうなその肉を揉みしだかれ、息をはずませながら告げても、ちゃんと言うようにと耳を噛まれた。

「ちゃんと言わなきゃ、ほら……どこ？」

「あ、う……お、しりに、指……っ、いれ、いれて」

きつく目を閉じ、たどたどしく告げた瞬間かあっと身体が熱くなった。言葉を口にしただけでさらに感じて、縋りついた先にある逞《たくま》しい身体に、とろとろと濡れた性器を押しつけてしまう。

「力、抜いてね」

「ん、も……手加減、しろって、言った……のにっ」

やさしくするなどと言いながら、結局真芝は意地が悪い。恥ずかしいことを言わされたと抗議するそれを口づけで宥められる。

「言うと感じるくせに」

「や……あっ、あっ」

それでも淫《みだ》らさをさらし、諾々《だくだく》と従うことで生まれる、ほの昏《ぐら》い愉悦を欲しているのは秦野の方でもある。自覚もしていて、だから揶揄するような声を吹き込まれるともう、ひとたまりもない。

「あ……は、はい、る……」

ゆっくりとぬめりを帯びた指を入れられる。まだ昨晩の名残かその場所はやわらかに綻《ほころ》んだままで、ほとんどなんの抵抗もなく真芝の硬い指を根元まで受け入れてしまった。

「ああ、すごい……やわらかい」

「ん、ん、……っ」

どこかうっとりと響く声で呟かれ、全身が一瞬で熱くなる。次の瞬間にはじんわりと吹き出した汗に外気が触れて冷やされ、熱いのか冷たいのかわからないような皮膚の温度にも秦野は身悶えた。

「あ、や、……うご、動かさない、で」

「どうして？　ここ、いや？」

「やじゃな……い、けど、……あっあっ、……あっ！」

ざわっと首筋の産毛が逆立つ。感じすぎるような場所をかすめる指に、爪先《つまさき》を丸めて衝撃をやり過ごした。

「それ、もう、……いいから、いいから……っ」

「すぐ？　欲しい？」

もう今度は焦らす気もないようだった。実際、内腿に触れている真芝の屹立《きつりつ》が先ほどから秦野を煽《あお》ってもいるようで、急《せ》くような淫猥《いんわい》な気分がどこまでも高まっていく。

「ん、ほし、……ほしい」

こくこくと幼い仕草で何度も頷き、乾ききった唇を舐める。物欲しげなそれを恥じるよりも先、強く奪いとるような口づけを施され、秦野は喉奥で甘く呻いた。

「……ん、んっ」

唇を塞がれたまま、脚をさらに広げられる。指を添える必要もないほどの硬直を、過たず呼吸するような粘膜の入り口に押し当てられ、早くとせっつくように口腔《こうこう》の中の舌を吸った。

「んふ、んあ……あー……！」

重い量感のあるものが、綻んだそこを押した。熟れきった果実にナイフを入れたときのようなみっちりとした圧迫を与えながら、秦野の粘膜がそれを歓待する。

「あん、……んん！　や、あぁあ……！」

狭いそこを開かれる感触にぞくぞくする。濡れて熱い、硬いものが自分を犯して、いっぱいに埋め尽くされるのがたまらなく気持ちよかった。

背中に敷き込んだ、ぐちゃぐちゃになったシャツの皺にさえ感じてしまう。鋭敏になった皮膚はもう、どんな場所をどういう形で触られても、秦野から淫蕩《いんとう》な感覚を引きずり出してしまうようだ。

「んう、すご、いっ、ああ、ああ、……いやっ、や……っ」

もっと、と告げるように腰が浮いた。真芝が入ってきた分だけ、押し出されるように甘ったるい声が長く零れて、なぜか頭上の男は背筋を震わせ舌打ちをする。

「なに、そんな……かわいい声、出してっ」

「だっ、だって、声、出る……っあ、あふ、……んん！」

咎めるように強く、最後までを押し込まれた。肉を打ち付ける音が立って、がくんと首を仰《の》け反《ぞ》らせた秦野は真芝の腕に爪を食いこませる。

「痛いよ……秦野さん」

「ごめ、あ、でも……っあ、よくて……っ」

どこかに感覚を逃がさなければ、とても耐えきれない。なにを堪えるのかも既によくわからないまま、秦野は身体中を震わせた。

「これ？　いいの……？」

「あう！　やだっ、まだっ……あ、ゆ、揺する、なっ」

ねっとりと粘膜が擦れ合い、悲鳴じみた声があがった。真芝のそれにさすられた内部がどろりと溶けてしまいそうで、恐怖にも似た感覚に秦野は息をつめる。

まだ動かないでほしい。感じすぎて壊れそうで、ひどく怖いと思うその反面、ぐちゃぐちゃに踏みにじるくらいにひどくされたがってもいる。

「じゃ、……これは？」

「ひっ、いあ……っ、あああ、……いいっ、きも、ちいっ」

ぐっと腰を回されて、攪拌《かくはん》されるようなそれに秦野の背中が仰け反る。そのまま腰を掲げ、真芝の動きに合わせるように揺すってしまったのはまったくの無意識だ。

「腰振ってるよ、秦野さん」

「い、やっ、嘘っ」

指摘され、身悶えた秦野は意味もなく腕を伸ばし、先ほどの枕をたぐり寄せてきつく胸に抱く。顔を隠そうとするそれに真芝は笑い、髪を撫でたついでのようにして真っ赤に染まった耳朶を指に挟んだ。

「嘘じゃない。……言ったじゃない、俺に、動くなって」

「ああっ、だって、……だって……あうん！」

上半身だけを捩って横臥《おうが》したような体勢に繋がった場所もまた捩れている。そのまま耳に指を入れられては、びくりと腰を突き出すように跳ねてしまった。

「ここも入れられるの好き？」

「はっ、はっ……ああ、う……んっ、もうっもうっ……す、きっ」

動いてほしいのに、真芝は焦らすように耳を摘んではくすぐるばかりだ。敏感な部分に硬い指が触れ、そのたび腰をうねらせているのは秦野ばかりで、もどかしくてたまらない。

「なあ、も、と……もっと、そこ……それっ」

「なに？　これが？」

脚を開いたまま、秦野は腰を揺すっては含んだものを締めつけた。そうしながらもがいた指で真芝の腿を摑み、そこから辿《など》って自分の腰を摑んだ指に縋りつく。

「なか、……それで、こすって……！」

最後の方はもう啜り泣きにしかならず、訴えるのは専《もっぱ》ら身体の動きに頼ってしまう。それでも、きつく吸いつくように腰を絞るたび、体内にいる真芝も震えながら脈を打っているのもわかっていた。

そして泣き濡れた瞳を向ければもう、あちらも限界だったようだ。

「……っ、こう？」

「ふあ！　うん、うん……っ、うご、動かして、こすって……っ」

叩きつけるように深く押し込まれたあと、待ちわびていた律動が秦野を襲ってきて、がくがくと揺れた細い首からの嬌声は、振動によって切れ切れのものになる。

「あ、ん、ま、しばぁっ、……いいっ、いいっ……！」

重く感じるほどに濡れて粘ったような場所を掻き回されて、秦野は泣きよがるほかになにもできなくなる。必死に伸ばした腕で真芝のそれを摑み、もっとと引き寄せようとした瞬間、どこか苛《いら》ついたような声がした。

「だ、から……その声は、まずいって、のにっ」

するりと逃げた広い肩にはっとなると、次にはいっぱいに含まされていたそれさえも秦野から奪われる。

「あ、やだっ抜いたら……あ、ふあっ⁉」

これ以上焦らす気なのかと眉を顰《ひそ》めたのも一瞬で、強引に俯せられた身体をうしろから、強く。

「——……あ、ひ……っ、ふか、いっ、いあ！」

「これ……好き、でしょう？」

一息に穿《うが》たれて、目の前に火花が散った。ずん、と脳まで響くような深い挿入《そうにゅう》に達しそうになれば、着乱れたシャツの裾で覆うようにして秦野の性器がきつく摑まれた。

「まだ、いかないで、ね」

「い、や……いた、い、真芝、やあ……っ」

硬く強ばったそれのぬめりを布地で拭いとるようにされて、過敏な粘膜が痛みと同時に知らない喜悦を覚えてしまう。程なく粘液を吸い取った薄い布は、手のひらとはまた違う感触で秦野のそれを甘く苦しめた。

「あ、あ、んっ、いれ、入れてる、のにっ、ここ、いじったら……っ」

「いいんでしょう?」

「ん、く、……うう……っ、きもちい……っ」

奥まで突き刺さったそれに余すところなく抉《えぐ》られ、濡れそぼった性器を揉みくちゃにされて、次第に言葉さえもまともに紡げなくなる。うん、と唸った秦野は猫が伸びをするかのように上半身をシーツに投げ出し、真芝から与えられる強烈な愛撫にただ溺《おぼ》れた。

「も、だめ……だめ……!」

「なにが……だめ?」

下肢の奥からは泡の混じったクリームを攪拌するかのような卑猥な水音が激しく聞こえてくる。秦野の内部もまた、熱に蕩けた油脂のようにねっとりとしたものを滴《したた》らせ、真芝の硬直を愛おしく吸い食んでいる。

「混ざっちゃう……俺、おれ、なくな、ちゃ……う」

押し潰され、こね回されて、自分の身体が形をなくしそうになる。そう訴えると、きつくうなじを噛んだ真芝は喉奥で笑った。

「こっちの……台詞でしょう。そんなに、吸って」

「いあ、そんっ……して、ないっ」

指摘され、かっと背中が熱くなった。怖くて、許してほしいと泣いているくせに、信じられないくらいに腰を掲げてうねうねと真芝を煽っているのもまた、秦野の方だ。

「こんなにしてて？」

「あん、ゆ、びっ、……指は、やだ！」

言わないでほしいとかぶりを振ると、自分を知れと手を取られ、繋がった場所に導かれる。

後ろ手に触れたそこには、ぬめった熱とざらりとする下生えの感触、そして。

「ね。……きゅうきゅう」

「ひ……ん……っあ、あっあっあっ！」

低く笑み含んだ声が指摘したとおり、綻び潤んだそこが、男を吸りあげている淫らな蠢《しゅん》動《どう》が伝わってきた。自身の身体の起こす、信じられないような動きに秦野は一瞬呆然となったけれど、それ以上に――ひどく、感じてしまう。

「あ、ん、あん、あんん……っ！　あ！」

「秦野さん……なに、してんの？」

導いた真芝の手が去っても、触れたそこから指を離せない。ゆっくりと、そして速く、激しくまたやわらかに、緩急をつけて繋がった場所を擦り上げてくる真芝のそれと、自分の身体が繋がった場所を、撫で回す指が止まらない。

「いやらしいことして……なに？　触るの好き？」

「あ、だって、こんな……こんなに……いれてる……」

びくびく、と腿が痙攣する。指先に伝わってくる抽挿に、手のひらまで濡れて犯されているような気がした。

「真芝の、あつ、熱い……おっき、い……っあ⁉」

ぼうっと頭が霞んで、物欲しげな手つきで濡れた場所を撫でる。その動きが背後の男にどんな刺激をもたらすのかもわからないままでいた秦野は、急激に内部を圧迫したそれに腰を震わせた。

「ちょっともう、勘弁してよ、秦野さん……っ」

「ひあっ、あ……いや、怖い……！」

ぐん、と腹の中で真芝が伸び上がるように膨れた。内壁をいっぱいに拡げるようなそれに怯えるよりも先、両肘《りょうひじ》を摑んで強引に身体を起こされる。

「こっち、脚開いて、そう……」

「な、なにっ……ああ‼　……あ……！」

視界が急に回転し、動きについて行けずにぐらりと揺れた上半身を、逞《たくま》しい胸が受け止めた。そのままさらに開いた膝をうしろから持ち上げられ、秦野は一瞬で正気づく。

「ちょっと……や、やだよ、こんな格好……っ」

これではまるで、園児に小用を促すときのような体勢だ。冗談じゃないと紅潮した頬を歪《ゆが》ませるが、背後にいる男は聞く耳を持たない。

「だめ。もう秦野さんの好きにさせてると、俺がもたない」

「なに、なにが……っあ、うあ、ん——っ！」

膝を持ち上げられ、もがくよりも先に落とされて、そのまま貫かれた場所が痺れていく。先ほど背後から奪われたよりもさらに深い場所に到達されて、秦野は目を瞠ったまま、声も出せなかった。

「う、わ……すごい、締まる」

「ひ、ひあ、……あっう、う……」

背後から抱きしめている真芝も予想以上の深さだったのだろうか。長く息をつめたあと、吐息混じりにぼそりと呟く。そうして、秦野の下腹部を肩越しに眺め、薄く笑った。

「いっちゃった？」

「ば、かぁ……っ」

衝撃の深さに、射精したことさえも気づかなかった。肩越しとはいえ、自分の身体のすべてが開かれ、見渡されてしまうこの体勢の羞恥の度合いは凄《すさ》まじい。

それなのにもう、抗うことさえできないでいるのだ。腰の奥にある真芝の脈に、頭の芯まで貫かれてしまったかのように、秦野は自分ではもう指先ひとつ動かせない。

「でも、まだ足りてない、でしょう？」

「ばか、もう……そんなのっ」

そのくせに、繋がった部分は秦野さえ知らないような動きで凄まじい収斂《しゅうれん》と弛緩を繰り返している。肩口に顔を埋めた真芝の息も切れ切れで、抱きしめてくる胸も腕もなにもかも、熱い。

「動、け、ってば……動け、よぉ……！」

「ん……わかってる」

限界なのはそっちの方だろうと、空を掻いた腕を背後に伸ばす。首筋にいくつも口づけを振りまいていた真芝は、その弱々しい指先を唇に捕らえ、噛んだ。

「んぁあ……！　あ、やっだ！　やだ！」

途端放たれた嬌声、そして真芝の性器を食い締めた粘膜の激しさに、歯の先で指を弄《もてあそ》ぶ男は含み笑って身体を揺らした。

「指まで感じるの？　困ったひとだな……もう」

「噛む、な、あ……っあ、いんっ、疼く……っ」

びくっと脚が跳ねて、意味もない開閉を繰り返した。その振動もまた、噛み合った場所へと伝わり甘く変化して、痙攣するように弾む胸の上を強く指に挟まれる。

「いー……っもぉ、もっ、いくっ」

悲鳴じみた声をあげ、背後を振り返る。真芝の高い鼻梁《びりょう》や秀でた額にも汗が浮き出し、口の端に伝ったそれを舐める仕草が卑猥でたまらない。

「ね、いって、い？　いいっ？」

「いいよ……いっぱい、いって」

もうどちらが動いているのか、なにを言っているのかも、秦野にはわからない。ただ早く早くと尻を揺すり脚を震わせて、腰を摑んだ男の指に手をかけた、その瞬間。

「──っや、いく、ああっいう、いくぅっ」

「う……き、っつ……！」

ひときわ強く突き上げられ、がくんと細い首がうしろに仰け反る。下から吹き上げてくるような真芝の奔流を感じれば、触れられないまま達した秦野の性器からは尽きることがないかのように体液が溢れ出た。

「あ……ふ……」

四肢が強ばり、しばらくは不規則な痙攣が全身を揺らしていたが、一度大きくぶるりと震え、そのあとには力なく頽《くずお》れた身体をきつく抱きしめられた。

荒い息が肩を滑って、真芝の鼻先が首筋に触れる。汗ばんだうなじ、脈の激しい首筋をゆっくりと宥めるように唇に辿られて、秦野はゆるやかに吐息した。

「大丈夫？」

「ん、……くらくら、する……」

酸欠を起こしたような気分で、ふっと暗くなる視界を払うように秦野は瞬いた。整いきらない息を弾ませたまま、それでも力なく微笑んで背後を振り返ると、そろりと唇を舐められる。

「んん……」

忙しかった息づかいに乾いていた皮膚が潤され、真芝の舌の甘さに酔いながら秦野もまた唇を開く。ゆっくりと絡みつき、互いを慈しむような動きを見せてほどけた口づけのあと零れたのは、満たされたようなため息と、小さな呟きだ。

「すごい……」

「ん？」

「よ、かった……」

とろりとした意識のまま呟くと、背中に感じる真芝の鼓動が強くなった気がした。まだ繋がりをほどけない場所でも、ぴくりとなにかが弾んだ気がして秦野は肩を竦める。

「力、抜いてて」

「ん……うっ」

腰を抱かれたまま身体を浮かすよう手のひらに促され、言われずとも力など入れられないまま頷くと、ゆっくりと真芝が抜け落ちていく。まだ快楽の余波が去らないそこは、ゆるやかに離れていくその感触にも甘く痺れた。

（まだ、びくびくしてる……）

ぐったりとシーツに横たわると、体液に汚れた下腹部がひくついているのがわかった。そっと自分の手のひらをあてがって、撫でさするだけの動きにもまだ、敏感な肌がさざめいてしまう。

カーテンから漏れる薄明かりの中、隙間が開いていたのか、細い光のラインがシーツに模様を描いていた。ハレーションを起こすような白さの中に手をかざすと、爪の先までが赤く染まっている。

ぼんやりとそれを見つめていると、一回り大きな手のひらがそれに重なった。手首を返し、指の長さを比べるように手のひらを合わせて、それから小指の方からゆっくりと握りしめていく。この絡ませ方はどうやら真芝のくせでもあるらしいと、秦野は小さく笑った。

「なに？」

「いや」

なぜか不意に瞼が熱くなって、涙が滲んでくる。どうしたの、とこめかみに口づけてきた男の手をしっかりと握りしめ、秦野は目を瞑った。

力強いこの手は、こんなふうにやさしくも触れることができる。その手のひらに、見合わない痛みを抱えてぶつけ続けてきた日々は、そのまま彼の苦しさに繋がっただろう。

「身体、拭《ふ》く？　どこか痛くは？」

「ないよ。……いいから、真芝。もう少し」

こうしていてくれと、長い腕をふたつとも引き寄せて胸の前に抱きしめた。汗の浮いた、まだ火照りの引かない肌をゆったりと触れあわせて、それで少しも不快には思えない。

首筋から伝い落ちた汗を、真芝の唇が拭う。そのまま背骨の中程にまで舌を這わされて、このまま再度の行為に溺れるのか、それともただじゃれるだけの時間になるのかは、秦野の吐息の色づき次第だ。

そしてそのいずれの選択も、悪いものにはならない予感があった。

ただ甘く、せつないような痛みがこみ上げて、秦野は胸につまったなにかを押し出すように唇を開く。

震え零れたあえかなため息は、奪いとりながら同時に与えるような口づけに吸い取られ、真芝の唇に消えていった。

＊　　＊　　＊

とろとろと怠惰な時間を過ごした週末を終えて、月曜の朝が来る。

「真芝、ネクタイ、ネクタイしてないって！」

「ああ、すみません。秦野さんは時間は？」

「午後イチだから平気。それよりおまえほら、ネクタイ締めろって」

名残惜しさを感じる間もなく身繕《みづくろ》いをするのは、結局あまり学習能力のないふたりがうっかりと羽目を外したせいだった。

「う？　あれ？　ネクタイこっちからだとどうやるんだっけ……」

狭い部屋の中を右往左往したあげく、真芝の首に引っかけたネクタイを締めてやろうとしたものの、向きが反対の上に久しぶりすぎてノットの結び方がわからない。

「自分でするから、秦野さんこそ寝癖ついてるって」

「う……直す」

すっきりと髪を整えた真芝に、世話焼き癖はいいのだけれどと笑われた。ついつい手を出してしまうのはこれも職業病なのだろうかと、秦野もややばつが悪い。

捩れそうになったネクタイから手を離そうとして、しかしできないのは両手を包んだ大きな手のひらの持ち主のせいだ。

「時間、ないぞ」

「うん」

口を尖らせたのは咎めるためなのか、キスを誘うためなのか自分でもわからなくなりながら、ゆっくりと顔を近づけてくる真芝を結局拒めない。唇を三回小さく啄まれたあと、ぎゅっと抱きこまれて胸が痺れた。

「これからしばらく忙しいんだけど……週末、今度は俺が行ってもいい？」

つむじにまで唇を落とされつつ、こうまでベタ甘な男だったかなどと散漫に考えている秦野もまた、ひとのことなど言えた義理ではない。

「うん……いいよ」

うっとりと吐息混じりに頷いて、甘えるように額を鎖骨へ擦りつけてしまうのも、まだ昨日までの余韻が去らないせいだろうけれど、いい加減もうタイムリミットだ。

「時間、なあ……ないって、……ん、こら真芝、……んう」

もう少し、この男には我慢というのも覚えてもらわないといけないかもしれない。

それも結局、秦野の方からは、だめだと言いきれそうにないからだ。

（まったく、もう……）

朝っぱらから、時間もないというのに甘ったるく抱きしめられて舌を吸われて、拒めない秦野も充分に、悪いのだけれど。

痛みを捨てた真芝の唇は、朝食のコーヒーの苦みさえも打ち消して、甘く脆く秦野を溶かしてしまうから、どうしようもない。

（あ、やばい）

舌の先を小さく囓《かじ》られると、そのままぐずぐずと腰が崩れそうになって、懸命に拳《こぶし》を握りしめ、広い胸を押し返した。

「朝、だっつの……」

「すみません」

少しも反省していないような顔でにっこりと笑われて、あまりにも機嫌のいいその表情に、ひたすら秦野は恥ずかしい。

「もう、……行くぞ、ほらっ」

「ああ、はいはい。待ってください」

怒ったふりをしてそっぽを向いても、耳が赤くて格好がつかないことこの上ない。喉奥で笑いながら追いかけてくる真芝の声にはきつい一瞥《いちべつ》だけをくれて、秦野は歩き出す。

「遅刻とかするなよ、おまえ。仕事がだらだらになるだろ」

「はあ……まあ、しませんけど」

もう少しこう、オンとオフの境目ははっきりさせたいし、ぐだぐだの関係になるのも避けたい。けじめはきっぱりしたいのだ、一応大人なのだから。

しかし、今日仕事が終わったら電話をして、来週の土曜日までに、江木にコーヒーを送ってもらおうと思っているあたり。

「でもそれ……サボったひとに言われたくないんですが」

「それ言うなっ」

からかわれ、赤くなる秦野にも結局は、けじめなどついてはいないのだ。

けれど足下を見つめて早足に、急いでばかりでは息がつまるし、大事なものも見えなくなる。

ときには適度に力を抜いて、周りをゆっくり見渡すのもいいだろう。大事なひとと過ごす時間を作るなら、サボタージュも悪くはない。

そのあとで、だめにならないようにきっちりと埋め合わせる、それも大人のやり方だろう。

「じゃ、俺こっち」

「ええ、それじゃ……また」

地下鉄の改札、数日前には泣きたい気持ちで訪れたその場所で、照れくさいままに手を挙げ、次の約束を交わして互いに背を向ける。

そうして秦野は、人生はじめてのずる休みを、甘い気持ちで終えたのだった。

DISAGREEMENT

ある日の週末、秦野《はたの》と真芝《ましば》は都内の百貨店へと訪れていた。

「えーと……これ、で、どうかなあ」

「ああ、いいんじゃないですか？」

おずおずと試着室から出てきた秦野をしげしげと検分し、真芝はにっこりと笑ってみせる。

「やっぱり秦野さんはシングルより、こういうデザインスーツですね。似合う似合う」

「うーん……なんか、学生みたいじゃないか？」

一見は黒だが、よく見ると非常に濃いグリーンとわかるスーツの上着を纏《まと》い、秦野は身体《からだ》を捻《ひね》っている。本人はその気はなかろうけれども、細い腰が強調されるポーズに、うっかり真芝は自分の表情が緩《ゆる》みそうになるのを引き締めた。

「なあ、やっぱり変じゃない？」

「いや、かわ……似合ってます」

うっかりと脳内に浮かんだ単語をそのまま口にしそうになり、背後の店員に気づいて言い直す。しかし、口走りそうになった言葉の先を察したのだろう、秦野にはじろりと睨《にら》まれて、焦ったように口元を引き締めた。

「あんまりちゃらいと、父兄にあとでいろいろ言われるんだよ。真面目に、これでいいかな」

「うーん、でも、ほかの先生はワンピースとかになるんでしょう？　企業の面接じゃなし、それなりに遊びがあってもいいと思いますけど」

卒園式の準備が近づいたのだと、なんの気なしに言った秦野のひとことで、この週末のスケジュールは決まった。

なんとなれば、転職の際に秦野は不要なスーツ類をほとんど処分してしまっており、冠婚葬祭用の色気も素《そ》っ気《け》もないシングルスーツ、それも真っ黒のものが一着しかなかった。それが、年に一度か二度の機会しか引っ張り出さないうちに湿気と虫にやられ、だめになってしまったのだ。

「でもこれ、高くない？」

「だから、言ったでしょう。これがあるって」

真芝が手にしているのは『引き出物カタログ』だった。結婚式の引き出物で、決まったものを入れておくよりも、来客の好みで後々好きな商品を一点取り寄せることができるというシステマティックなそれを入手したのは、先月行われた女子社員の披露宴からだ。

総合職だった彼女は合理性と機能美を愛していて、引き出物のチョイスもなるほど、という感じではある。

ちなみに井川《いかわ》のときは、いりもしない名前入りのノリタケのペアセットだった。いまではもう、どうでもいいことではあるが、虚栄心の強い彼らしいと思ったものだ。

「セミオーダーでスーツ作れるんですよ。俺はもう持ってるし。ただみたいなもんだから」

「そりゃまあ、そうだけど……」

ある程度の型は決まっているが、生地とデザインアレンジを頼めるそれは、細身で小柄なため、なかなか似合うスーツのない秦野にはうってつけのものだった。

むろんそれは、正反対の意味で吊しのスーツがフィットしない真芝にも便利なものではあるが、彼自身はスーツは腐るほど持っている。

「じゃあ、これでお願いしましょう。パンツの方は裾《すそ》上げだけかな」

さっさと店員に手続きを済ませ、着払いでの発送まで頼みこんでしまった真芝はそのまま歩き出す。長い脚の歩みに小走りになって、秦野がうしろから追いかけてきた。

「あとはネクタイとシャツ……ああ、靴も買わないと」

「だから、おい……そんなに金ないってば」

ちょっと言いにくそうに口ごもるのさえも可愛らしく思えて、真芝は相好《そうごう》を崩《くず》してしまう。

「大丈夫。知ってるとこに行くから」

堅実な金銭感覚を持っている秦野に無駄な出費をさせるほど、考えなしではない。そのまま不安顔の彼を連れて行ったのは、ユーズドを扱うインポートショップだった。

「ここなら、正価の半額から、うまくすれば一割で手に入りますよ」

「へえ……」

質流れ品なども混じってはいるが、どれもクリーニングを通せば新品同様で着られるものばかりだ。メンズ、レディースの別なく、ごっちゃりと吊されたシャツの中から数点を手に取り、秦野のサイズに合うものを選んでやる。

「Y，sだし、まあいいんじゃないですかね」

「んー……よくわかんないけど、これ型がきれいだし」

ためつすがめつしたあとに、真芝はシンプルなブルーのストライプと、真っ白なシャツを二点選んだ。実のところそれは女性ものであったのだが、秦野にはあえて事実を教えないでおく。

同じショップで靴とネクタイも買いそろえ、紙袋を抱えたまま帰途につく途中、ふと、という具合に秦野は口を開く。

「ところで……おまえはそれ、なに買ったんだよ？」

真芝の抱えた大ぶりな包みに、自身の買い物で手一杯だった秦野は今更気づいたようだった。

「ああ、これは買ったんじゃなくて、コートの直しがあがってきたんで。同じ店で頼んであったんですよ」

「あー……俺もなんか、軽いの欲しいかな。この間まで着てたの、たあくんが破っちゃったし……」

園児を相手にしていると、衣服の破損もばかにならない。おかげで普段の仕事着は、よくてユニクロ、場合によっては量販店の三枚でイチキュッパのシャツという秦野は、久々の買い物で疲れてしまったようだった。

「まあ、それは今度にして、とりあえず今日はもう、帰ってゆっくりしません？」

「ん、そだな。……あの、ありがと。スーツ」

つきあわせてごめん、とはにかんだ秦野の笑みだけで、ねぎらいは充分と真芝も笑う。

（こういうとこも、いいなあ、このひと）

趣味が悪かったといまでは真芝も思うけれど、かつてつきあっていた幾人かは、奔放《ほんぽう》でわがままなタイプがほとんどだった。

それも年下か同い年しかいなかったせいもあり、また真芝も頼られるのが好きな方だったから、勢い服を買うだの食事をするだのといった場合には真芝持ちになるのが自然と多かったのだ。

だから、ささやかなことに感謝の言葉を述べたり、なにかしてもらうことにひどく遠慮をする秦野の性格は新鮮で、またその慎ましい部分も好ましく思えてしまう。

欲目だけでなく、秦野は性格がいい。まず彼を知る全員がそのことを保証するし、なにより子供にひどく好かれる。

先ほども、店内をうろついていた子供が親とはぐれ、泣きわめいている場面に出くわした。アナウンスをしてもなかなか引き取りに来ない親に、店員も周囲の客も迷惑そうな、困り果てた顔をしていたのだが。

――どした？　男の子がそんなに泣いたら、恥ずかしいぞ？

ふわっと笑いかけ、膝を折って話しかけた秦野の顔を見るなり、真っ赤な顔をした子供はぴたりと泣きやんだのだ。えぐえぐとえづきつつ、ゆっくりしたトーンでひとことふたことを語りかける秦野に、あっという間に心を開くのが見てとれた。

――そっか、迷子か。じゃあ、パパとママ、いまごろこっちに走ってくるから。

もうちょっと待とうな、と告げると、こくんと頷《うなず》いて差し出された秦野の手を取った。あやすようにその手を両方、握ったりほどいたりとしているうちに、血相を変えた若い両親が飛んできた。

平謝りをする両親に、子どもは手をちゃんと繋《つな》いでいてあげてください、とやんわり窘《たしな》める秦野は、見た目はどう穿《うが》っても二十代の中程にしか見えない。それでも、ものやわらかい声や落ち着いた物腰は、不思議とひとを説得するような空気があった。

保育士などという仕事をしているのも、種々の事情が嚙《か》み合ってからの選択ではあるが、結局は彼の天職なのだろうと真芝は思う。

（本当に、子供が好きなんだな……）

感心を覚えつつ、それ以上に、ふんわりと包みこむような笑みを浮かべた秦野の顔に見惚《みと》れていたのは、この場合内緒だ。

「ところで、食事は？　このまま食べて帰ってもいいけど」

「んー……でも荷物かさばってるし、家でなんか適当にしないか？」

その方がゆっくりできるしと、冷たい風に吹かれているはずの秦野の頬《ほお》がうっすら染まる。

目を伏せると睫毛《まつげ》の落とす影が長く、真芝は少しだけどきりとした。

ぱっと人目を惹《ひ》くような派手さはないけれど、秦野の顔は端整できれいだ。

どちらかと言えば、華やかな美形で背の高い、押し出しの強いタイプが好みであった真芝だが、秦野についてはしみじみと眺《なが》めるほどに、その整ったうつくしさから目を離せなくなる気分になる。

「今日、寒いし……鍋にでもします？」

「いいなあ。あ、あれ食べたい。この間の肉団子鍋」

「ああ、簡単だし、あれにしましょうか。まだ、カニ缶の買い置きはあったし」

湯豆腐の変形のような鍋は真芝のオリジナルで、出汁《だし》に中華スープを使う。豆腐や白菜、春雨などを適当にぶち込むのだが、ポイントはカニ肉を混ぜた肉団子。片栗粉をまぶしていったん油で揚げたものを一緒に煮込むと、とろみのある独特の旨《うま》さが出る。

「んじゃ、近くについたら買い物な。……あ、でも手が塞《ふさ》がってるか」

「ひとりが持って帰って、ひとり買い物班でいいんじゃないですか？」

他愛もない言葉を交わしつつ、寒さを言い訳にほんの少し肩を寄せて歩く。こんなのんびりとしたつきあいも久しぶりだけれど、それ以上に驚くのは、お互いの違和感のなさだ。

めちゃくちゃなはじまりであったわりに、食の好みや余暇の過ごし方について、秦野とはあまりずれを感じない。タイプは相当違うはずなのだが、違う部分を無理して合わせるのではなく、秦野自身がいつでも自然体で受け入れるせいだろう。

そして、自身が譲れないとなれば、てこでも動かない性格をしていることも、真芝にはほっとする要因でもある。押しが強いのを知っている分、流されやすい相手にはあとになって「無理強《じ》いをされた」と責められることもなくはない。しかし秦野は、さすが九州出身というか、やんわりとして見えて強情さは真芝の上を行く。

やわらかくて強く、華奢《きゃしゃ》で細いのにおおらかな秦野のことを、知れば知っただけ惹かれていく。これも真芝の恋愛の経緯としてはめずらしい。大抵は、惚《ほ》れた時点がピークでそのまま、あとは下降線を辿《たど》るばかりの関係も多かった。

(結局は、外面ばっかり見てたからそうなった、ってことなんだろうな)

外見や駆け引きの上手さばかりに目がいっていたのは、結局は若さゆえの拙《つたな》さでもあったのだろう。しかし、そうしたいままでの好みの基準をすべて無視して、内面のしたたかなやわらかさからまず惹かれていった秦野に関しては、いちいち驚かされてしまう。

たとえば、本当に今更、彼の睫毛の長さに見惚れたり、ということが、最近本当に多すぎるのだ。

今更ながらぼんやりと、細い首がきれいだなどと、本気で考えている自分はどうかしていると、真芝自身も思うのだが。

（なんでこういちいち、惚れ直してるんだか……）

しかし可愛いと思ってしまうのはどうにも、止められない。そしてそれはこの日の夜にもまた、思い知らされることになった。

「……なあ、これでいいんだっけ、ネクタイ」

鍋の用意を調《ととの》えて、煮込むまでの間にシャツを合わせてみようと言い出したのは真芝の方だったが、着替えを済ませた秦野の姿に、しばらく声が出なかった。

「おい……？　聞いてる？」

「あ、ああ、はい。その色でいいと思うけど」

考えてみると、真芝は秦野のスーツ姿など見たことがなかった。大抵はジーンズかチノ、もしくはストレッチパンツと、動きやすさと清潔重視で、上物もTシャツやフリースがいいところだ。

今日も細身のチノパンツにゆったりしたセーターで、いまも下は同じものを履いている。

だが、襟《えり》のラインがきれいなシャツにネクタイを引っかけているだけで、ひどく印象が違うのだ。

(ちょっと……これは)

昼にスーツを見立てたときもそうだったが、普段ルーズめの服を着ている分だけ、かっちりとしたそれを纏ったた秦野はボディラインのきれいさが際だつ。そういえばあのスーツも、ややウエストを絞《しぼ》ったタイプのものだった。

ちょっとこれはあまり、よくないかもしれない。いや、非常に似合うのだが、それだけに。

(やばい……腰が……)

秦野のしなやかな腰つきを目立たせる、身体にフィットしたスーツ類は、真芝の理性を揺るがす部分に対して非常に訴求《そきゅうりょく》力が高いようだ。

「……あれ？　やっぱり結べない……」

「え、あ、なに？」

半ば上の空になりつつ、おぼつかない手つきでタイをいじっている秦野の手元に目を落とした。

「年に一回締めるか締めないかだから、ネクタイの結び方、マジで忘れたみたい」

「去年はどうしたんですか」

参った、と吐息した秦野の襟元に苦笑しつつ手を伸ばすと、うーん、と考えこんだ秦野は記憶を辿るように首を傾《かし》げた。

（だいぶ、慣れたかな）

いきなり顔の近くに手が触れても、真芝相手ならどうということもない、という反応が嬉しい。以前には手を伸ばしただけで小さく震えることが多かっただけに、感慨もひとしおだ。

しかし、そんな小さな幸福を嚙みしめていた真芝に、案外鈍い秦野はまだ考えこんだままぼんやりと呟《つぶや》く。

「あのときは、確か……まり先生に結んでもらった、かなあ？」

「――まり先生？」

女性の名前に一瞬、胃の奥でなにかが煮えるような気がしたが、それではあまりに狭量だろう。そう思っていったんこじれた結び目を直した真芝に、さらに秦野は言葉を続ける。

「あー、同僚。園長の娘さんで、まだ若いけどしっかりしてるんだよな。いい子だよ。かわいいし」

「ふうん……。ああ、やっぱりこっちからじゃわからないか……うしろ向いてもらっていいですか？」

今度の相づちは、いささか不機嫌なものが混じってしまった。自身でもしまったと思うが、それより先に、くるりと背を向けた秦野の方が、呆れたようなため息を落とす。

「同僚だっつってんだろ。どーりょー」

「……わかってますよ」

背中から抱きしめるようにしてタイを結んでやりつつ、心が狭くて嫌になると真芝も吐息する。だが、秦野が自覚の足らなすぎるのも、実際だろう。

「できました。結び方、見てた？」

「う……よく、わかんなかった」

きれいな結び目を作り終えても細い身体を離さず、肩から手を回して抱きしめる。耳を軽く食《は》みながら、「見てなきゃだめでしょう」と告げると、じわじわと首筋が赤くなる。

一方的に妬《や》かれてふてくされられて、あげくにはじゃれつかれている秦野は、ここで怒るべきだと思うのに。

「いいよ。……そしたら、卒園式の日、おまえん家《ち》から行くから」

「……俺が泊まりに行きますってば」

結果、甘すぎるようなことを告げてくれるから、ますます腕が離せない。すっぽりと胸の中に収まるような華奢さが愛おしくて、真芝はさらりとした髪に頬を寄せた。

「そ、そうだ。おまえのコートって、どんなの？」

「ん？　俺の？」

そのまま軽くうなじに口づけると、慌てたように顔を上げる。秦野は気持ちを通じ合わせてから、なんだか以前よりも初々しいような反応が増えた気がする。

それはまたそれで可愛らしいから、真芝としては悪くない。つれない素振りも、照れ隠しだと知っている。

「革なんですけどね、スウェードだったんで、端がちょっと切れて。気に入ってたんで残念だと思ってたら、デザインアレンジで誤魔化せるっていうから頼んだんだけど……」

「へえ……」

ごそごそと大ぶりな包みを開くと、革特有の匂いがする。良質なそれはロングコートであるにもかかわらずひどく軽くて、愛用していたのだが、袖の内側、身頃に擦れる部分がやや弱ってきていたのだ。

「サイドになめしを入れて縫製し直してもらったんですけど……これ」

ばさりと羽織ると、やはり身体に合っていた。この冬はもう終わりになるが、しばらくは着られるだろうと思っていると、秦野の反応がない。

「……秦野さん？」

「あ、いや。……な、なんかそれ、すごい……かっこいい」

ぼうっとした顔で言われて、真芝が「ん？」と目を瞠《みは》る。あまりストレートにその手の言葉を告げない秦野にしては、めずらしかった。

「あ、そう？　似合ってます？」

「うん、すごい、なんか、ああ……そうだ」

しかし、どうにも秦野は秦野であるのだろう。なにかしっくりする表現はないだろうか、と言葉を探すように逡巡《しゅんじゅん》したあと、発せられた言葉は真芝を脱力させるに充分なものだった。

「──そうそう。ホストみたいじゃん！」

「ほ……」

愕然と真芝は目を瞠り、そのあとゆっくりと眉を顰《ひそ》め、コートを脱いだ。

「ホスト……ですか」

「え、あれ？　……ほ、褒《ほ》めたんだけど。似合ってるぞ？」

広い肩を落とした男に、どうしてだろうと秦野は目を瞠る。悪気がないのは表情からも見てとれて、それだけに真芝は行き場のない感情をどう収めていいのかわからなかった。

「でも、ホストみたいなんですよね」

「うん、だからかっこいいって」

いくら褒め言葉でも、秦野がかっこいいと言ってはくれても。

──仮にも一流企業のサラリーマンが、ホストに見えるようではどうにもならないだろう。

「……もう、このコートは着ません……」

「なんで!?」

まして実のところ真芝は、自分の結構濃いめの顔に、いささかコンプレックスがあったりする。

しかしそんなことまでは、天然の秦野が考えの及ぶことではないだろう。

「な、なんか怒らせたか？」

「いえ……気にしないでください」

おろおろとする秦野と、複雑な気分をどう説明するべきか曖昧《あいまい》に笑う真芝の遠い目と。

ふたりの間にはまだまだ、乗り越えるべき言語の齟齬《そご》が、いくつも残されているようだった。

あとがき

こんにちは、崎谷です。

今作は二〇〇〇年に刊行されたノベルズ『ＡＮＳＷＥＲ』の文庫化となっております。そして、いままでルチル文庫さんで文庫化していただいたお話については、かなりの大改稿を施してまいりましたが、今回は章立ての区切りをシンプルにした程度の修正しか加えておりません。

文庫化のお話をいただいてからずっと悩み続けたのですが、この話の執筆は九十九年、いまよりも八年前という昔で、文体、構成そのほか、すでに別人といっていいほどに違うこと、そして内容的にも、時代性の問題で手を入れられない部分が多いこと、なにより、長いこと流通していた本であるがゆえに、「あのままにしてくれ」という声が圧倒的だった読者さんの意見など、とにかくたくさんの要素がありました。

当時とは、私自身の考え方そのものも相当に変化しましたが、ストーリーのテーマ的な部分や、言いたいことについては、たぶんいまでもそんなに変わらないとは思います。ただ、いま見ると拙さもたくさんあるのですが、その拙さと勢いこそが話を決定する一因であるところも大きく、もしも改稿した場合、流れは同じでも、まるで味わいの違う物語になる、もしくはエピソード自体がまるで変化してしまう可能性が高い、と思えました。

内容については、二〇〇〇年当時のままにしておいた描写がいくつかあります。最たるものが保育士に関しての記述で、執筆当時にはやっとその名称が定着してきた時期でもあり、台詞等々で『保父』という言葉があるのはそのためです。また、二〇〇一年の省庁再編により、文中にある、『厚生省』『文部省』はすでに名称変更され、管轄も、もしかすると変わってしまったかと思うのですが、当時のままにしたいとあえて残しております。細かいところでは、漢字の使い方もいまとはかなり違いますが、これを含めて当時の文体であろう、というところで、これもあえて修正しておりません。

なにより秦野と真芝については、自作でありながら、毎度プレッシャー負けをしてしまうところがあります。このさき、ルチルさんでやはり文庫化の予定の続編となる『SUGGESTION』に関しても、刊行時、『ANSWER』から四年もかかって踏ん切りをつけたところがありました。

そんなすべてを鑑み、最終的にはこれは改稿は不可能と断念し、ごく些少に修正をし、『復刻版』的な文庫化として刊行することを選びました。

それに伴い、挿画、装丁なども当時のまま、デザインもノベルズ時のものとイメージが変わらないようにすることなどを、担当さんとのお話し合いで決定いたしました。

なつかしい話をしますと、ノベルズ刊行当時はまだ、ＢＬの業界で、エロティックな描写が激しいものは、さほどありませんでした。そして、現在ではなくなってしまったのですが、そのエロティシズムをテーマにしたレーベルでの第一弾が、この話でした。

当時のあとがきで、わたしはこんなことを書いています。


――ボーイズラブも一くくりになってはいますが、個性はそれぞれで、今回のように『オトナ向け』となると傾向も違ってきますよね。自分的に、エッチなものを書く上は、読んだ方に「もやもや」となって戴きたいのが本音です。勿論ストーリーとか、キャラクターが面白いと言って戴けるものも書きたいけれど、ある種のポルノグラフィとして成り立つ作品であることも、一興だと思うのです。（ノベルズ『ＡＮＳＷＥＲ』あとがきより抜粋）

ものすごく肩に力が入った感じの文章で、いま見ると笑ってしまいますが、このあとがきに書いた考えについては、いまだに変わりません。

ゲラのため見直していた際に、当時はものすごいエロティック描写だ、と思ってがんばって書いていたのですが、いま見ると、そんなでもないような、あるような。ただ結果として、この本が、ある意味では自身の方向性を決めた一冊ではあったな、と思っています。

ふりかえると、ノベルズ刊行当時は、ＢＬにおいて三十代の男性が受というのは、まだ少なかったように思います。そして初稿を書いた当時、わたしは真芝と同じくらいの年齢でした。いまでは秦野の歳をとうに越え、なんとなく憧れていた三十をすぎた落ち着いたオトナ、というものが、どれだけ幻想であったのかを思い知っておりますが（苦笑）。

同時収録の『ＳＡＢＯＴＡＧＥ』については、かつて今作がドラマＣＤ化されたことを記念して、趣味の場で書いたものでした。本編終了直後の、エンディング翌日の話、ということもあり、できれば続けて読んでほしいとずっと思っていたので、今回はありがたい機会でした。

ただし二作の執筆時期には四年ほどの隔たりがあり、多少雰囲気も違うかと思います。が、こちらもあえて、ほぼそのままに。またショートショートの『DISAGREEMENT』は個人サイトで発表したものでした。ほのぼの日常ネタですが、わたしのなかの秦野像はこういう、とぼけた乙女オジサン、そして真芝はかっこつけの繊細くん、なのです。

まあ、全編とおして変わらぬところといえば、趣味で書いただけあってアレなソレが相当濃い感じ、ですが……わたしの話ですので、もういまさらのような気もします……。

ともあれ、長いこと代表作品でもあり続け、事情で絶版となっていた今作がもう一度日の目を見ることができたのは、とても嬉しく思っています。

イラストの使用を許可くださったイラストレーターやまねあやのさん、ありがとうございました。インパクトのあるあの美麗な表紙、いまだに看板として人気の高いものであり、文庫として判型は小さくなりますが、ふたたび本作を飾っていただけて幸いです。

また、この話を書くきっかけをくれた、当時の担当さんにはお世話になりました。これがなかったらたぶん、いまの自分はないいんだろうなと、思ったりしています。

刊行にGOサインをくださり、相談に乗ってくださった、現担当さんにも、大感謝を。

そして最後に、初期作品であるこの話を読んでくださり、気に入ってくださった方、初めて手にとってくださった方、どちらの読者さんにも、感謝の言葉を贈りたいと思います。

ありがとうございました。

✦初出　ANSWER……………………ラキア・スーパーエクストラ・ノベルズ
「ANSWER」（2000年5月刊）
SABOTAGE………………同人誌掲載作品を収録
DISAGREEMENT………個人サイト掲載作品を収録

崎谷はるひ先生、やまねあやの先生へのお便り、本作品に関するご意見、ご感想などは
〒151-0051 東京都渋谷区千駄ヶ谷 4-9-7
幻冬舎コミックス　ルチル文庫「ANSWER」係まで。

幻冬舎ルチル文庫

ANSWER

2007年3月20日　第1刷発行

✦著者　崎谷はるひ　さきや はるひ

✦発行人　伊藤嘉彦

✦発行元　株式会社 幻冬舎コミックス
〒151-0051 東京都渋谷区千駄ヶ谷 4-9-7
電話 03(5411)6431[編集]

✦発売元　株式会社 幻冬舎
〒151-0051 東京都渋谷区千駄ヶ谷 4-9-7
電話 03(5411)6222[営業]
振替 00120-8-767643

✦印刷・製本所　中央精版印刷株式会社

✦検印廃止

ISBN978-4-344-80963-5　C0193　Printed in Japan